KB244707

少林棍王 소림곤왕

한성수 新무협 판타지 소설

FANTASTIC ORIENTAL HEROES

소림군왕 9

한성수 新무협 판타지 소설

초판 1쇄 찍은 날 § 2010년 4월 1일
초판 1쇄 펴낸 날 § 2010년 4월 8일

지은이 § 한성수
펴낸이 § 서경석

편집장 § 문혜영
편집 § 서지현

펴낸곳 § 도서출판 청어람
등록번호 § 제1081-1-89호
등록일자 § 1999. 5. 31
어람번호 § 제2-1911호

주소 § 경기도 부천시 원미구 심곡2동 163-2 서경B/D 3F (우) 420-822
전화 § 032-656-4452 팩스 § 032-656-4453
http://www.chungeoram.com
E-mail § chungeoram@chungeoram.com

ⓒ 한성수, 2009

ISBN 978-89-251-2139-0 04810
ISBN 978-89-251-1861-1 (세트)

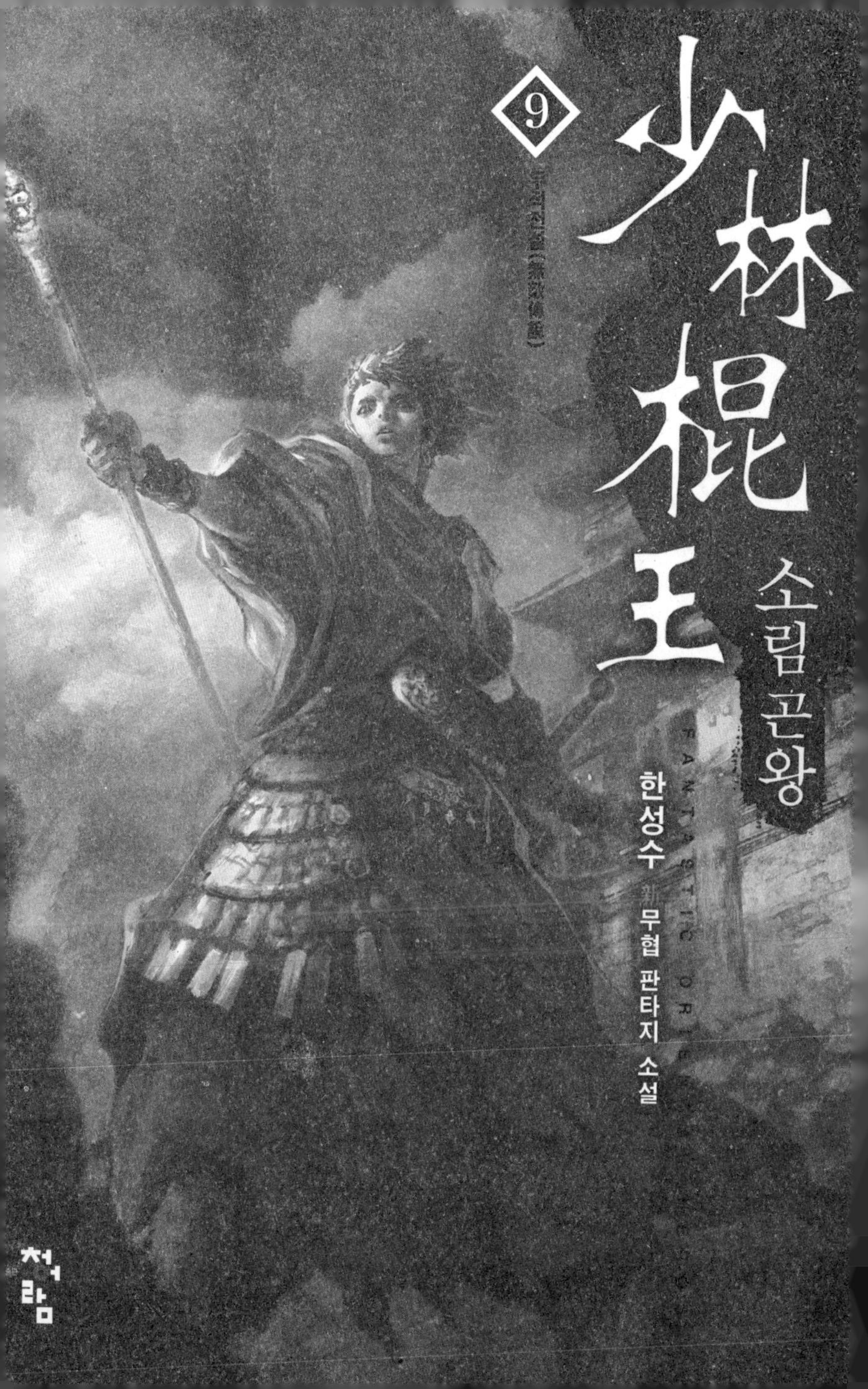
9
少林棍王
소림곤왕
FANTASTIC ORIENT
한성수 新무협 판타지 소설
청어람

目次

第八十章

입신양명(立身揚名)

少林
棍王
소림곤왕

● 세상 사람들 중 대부분이 원하는 바다
　　이 네 글자 속에 세상의 모든 명리가 담겨 있었기 때문이다

　　투타타탕!

　　천간검이 만들어낸 건 특별한 점이 전혀 없었다. 절초도 아
니다.

　　그냥 쾌속한 검영(劍影)이었다.

　　그것만으로 충분했다.

　　맨 처음 엽자건을 노렸던 동창 위사들의 각궁을 떠난 철시
들이 모조리 사방으로 튕겨 나갔다. 그냥이 아니다. 놀랍게도
일정한 방향성을 가진 채 그리되었다.

　　"크악!"

　　"으악!"

"으헤엑!"

엽자건에게 각궁을 들이댔던 동창 위사들이 제각기 개성 넘치는 비명성을 터뜨렸다. 천간검에 부딪쳐 반탄된 철시에 완전히 산적 꼬치가 되어버린 까닭이었다.

물론 엽자건을 노린 건 그들뿐이 아니었다.

어느새 그를 향해 금의위를 상징하는 장창과 금도가 맹렬히 날아들었다. 얼마 전 천참만류멸신공으로 자폭을 선택한 구양백을 단숨에 난도질했던 것과 동일한 수법이다. 금의위가 자랑하는 창도합벽진세(槍刀合壁陣勢)의 발동이었다.

쾅!

엽자건의 선택은 무형의 오호파천곤이었다.

순간적으로 천간검을 좌수로 옮긴 그의 우수에서 무형곤이 맹렬한 기파의 회오리를 만들어냈다. 보는 이의 동공을 맹렬히 확장시키는 신기를 태연스레 펼쳐 보인 것이다.

방어?

전혀 아니다.

오히려 공격이었다. 그것도 아주 압도적이면서도 무자비한.

창도합벽진세를 형성했던 금의위의 일진 오십 명이 단숨에 산산조각으로 변해 날아갔다. 그들의 자부심이던 장창과 금도 역시 마찬가지다. 주인이던 인체과 함께 그것들은 모두 수십 토막의 고철로 화해 버렸다.

후둑!

후두두두둑!

혈우가 쏟아져 내렸다. 피의 비다. 단 일격 만에 그런 말도 안 되는 광경을 연출시켜 버렸다.

당황한 건 엽자건이었다.

'이, 이것들, 뭐 이리 약하냐? 그러고도 황실을 호위한다는 금의위의 정예가 맞는 거냐?

착각이다.

금의위가 약한 게 아니었다. 엽자건 자신이 요 며칠 사이 지나칠 만큼 강해진 것이었다. 그동안 가정제나 유대유 같은 인세의 괴물들과 함께 있느라 느끼지 못했을 뿐.

그때 충격에 빠져 있던 동창과 금의위의 무사들이 다시 살기를 피워 올렸다. 엽자건의 말도 안 되는 무위를 두 눈으로 똑똑히 보고도 절대 뒤로 물러설 생각이 없어 보인다.

비이성적인 행동!

엽자건은 문득 깨닫는 바가 있었다.

'그렇지. 여기는 건청궁이었어!'

건청궁.

황제가 있는 장소다. 그리고 눈앞의 동창과 금의위는 그 황제를 호위하는 게 존재의 이유였다. 목적이었다.

슥!

엽자건은 두 번 생각할 것도 없이 신형을 건청궁 쪽으로 돌렸다. 전장에서 싸우는 걸 좋아하나 학살은 취미가 없었다. 특히 이렇게 목숨을 내놓고 덤벼드는 자들에겐 더더욱 그러했다.

"저, 저런……."

금의위 대영반 황보굉의 안색이 창백하게 변했다. 장창을 든 두 손은 부르르 떨리기까지 한다.

그럴 수밖에 없다.

동창과 금의위의 정예를 학살한 엽자건이 느닷없이 건청궁으로 들어가더니, 황제 가정제를 안아 들고 돌아왔다. 건청궁 안에 있던 십면매복이 완전히 깨져 버렸음을 알 수 있는 모습이었다.

대명 역대에 이런 일이 있었던가?

토목보의 변이 무색할 만한 끔찍한 일이 발생했다고 할 수 있었다. 그것도 하필이면 황보굉이 금의위를 맡고 있던 때에 말이다.

"비켜라!"

벽력같은 대갈과 함께 황보굉이 금의위의 인의 장벽을 물리고 앞으로 나섰다. 여전히 수중에는 장창이 들려 있으나 떨림은 이미 흔적조차 없이 사라졌다. 황실을 대표하는 초절정 고수다운 모습이다.

"감히, 대역죄를 저지른 건 아닐 테지?"

엽자건이 품 안의 가정제를 한차례 살피곤 픽, 웃어 보였다. 차갑게 가라앉아 있는 안광과는 사뭇 다른 태도다.

"대역죄는 그대들이 범하고 있지 않소? 감히 동창의 제독 태감을 살해하고 존엄하신 황상에게 위해를 가하려 하고 있으니 말이오!"

"어찌 감히 그런 망극한 말을 입에 담는가!"

"망극한 말? 지금 위독하신 황상 앞에서 하고 있는 이런 짓거리는 전혀 그렇지 않다고 생각하는 것이오?"

"이……."

엽자건이 앞으로 한 걸음을 내딛자 황보굉의 얼굴이 움찔거림을 보였다.

초절정에 도달한 고수의 예민한 감각!

굳이 좀 전에 목도한 놀라운 무위를 떠올릴 것도 없이 엽자건의 무공 수준을 간파해 낸다. 자신을 월등하게 뛰어넘는 상상조차 하기 싫은 괴물임을 말이다.

'…하물며 현재 저자의 품에는 황상께서 계신다. 합공을 할 수는 없게 되었다. 그러니 이 일을 어쩐다?'

고심에 빠진 황보굉에게 첩형 조개가 얼른 다가들었다.

그 역시 고수이긴 하나 황보굉과는 무위 자체를 비교할 수 없는 처지다. 자기 보신 본능 역시 출중했다.

엽자건의 사람을 놀라게 하는 무위를 보고 얼른 뒤로 물러서 있었는데 돌아가는 상황이 심상찮다. 자칫 잘못했다간 황제를 엽자건에게 빼앗긴 채 대역죄인으로 몰릴 수도 있겠다는 생각이 들었다.

"황보 대영반, 죽입시다!"

"죽여? 누굴……."

황당한 표정으로 말을 잇던 황보굉의 안색이 딱딱하게 굳었다. 조개가 손가락으로 자신의 목을 스윽 그어 보이는 모습을 발견한 까닭이었다.

그와 거의 동시였다.

스아악!

엽자건의 좌수를 떠난 천간검이 공간을 가로지르더니, 조개의 어깻죽지를 잘라 버렸다.

"크악!"

조개가 느닷없이 떨어진 날벼락에 비명을 터뜨렸다. 그러나 이미 그의 오른팔이 있던 자리에선 피분수가 치솟아올랐고 천간검은 하얀 빛무리에 감싸인 채 엽자건에게 돌아가고 있었다.

찰나!

눈 한 번 깜빡할 새에 벌어진 일이었다.

착!

천간검을 여유있게 회수한 엽자건이 입가에 차가운 미소를 매달았다.

"그런 망극한 대화는 조심스레 했어야지. 감히 황제 폐하를 죽일 모의를 하다니 말야!"

"크헉!"

"허헉!"

조용히 시작된 엽자건의 말은 뒤에 이르러 사자후로 바뀌었다. 주변에 모인 동창과 금의위 모두가 들을 수 있을 만큼 커다랗고 또렷하게 건청궁 일대에 울려 퍼졌다.

그래서였을 것이다.

여태까지 전혀 전열을 흐트러뜨리지 않던 동창과 금의위 진세 일각에서 미묘한 균열이 일어났다. 엽자건의 사자후에 담긴 말에 마음이 크게 격동한 까닭이었다.

황보굉이 바닥에 거의 주저앉아 버린 조개를 한차례 살펴본 후 눈에 정광을 담았다.

"모두 경망되이 움직이지 말지어다! 황상께서 적도의 손에 인질로 잡혀 있는 상황일지니!"

"우우!"

금의위의 전열이 금세 다시 회복되었다. 거의 순식간에 만신창이가 된 동창과는 다른 모습이었다.

그때다.

눈앞의 황보굉을 죽이는 걸 심각하게 고민하던 엽자건의 눈에 이채가 어렸다. 그의 극도로 활성화된 기감 속으로 건청궁을 향해 몰려들고 있는 거대한 군세가 감지되었다.

'이 소리는······?'

황보굉 역시 뒤늦게 눈치를 챘다. 노안이 크게 찌푸려지지 않을 수 없다. 오늘 밤 이 자금성의 심처로 대군이 몰려올 이유 중 어떤 것도 좋은 것이 생각나지 않아서였다.

과연 그랬다.

그가 재빨리 금의위의 전열을 재정비하려 할 때였다.

어느새 건청궁의 외곽에 이른 대병이 살기등등한 모습으로 여러 개의 중문을 통해 속속 모습을 드러냈다. 언뜻 보기에도 금의위와 동창의 연합 세력을 수십 배 뛰어넘을 만큼 엄청난 숫자였다.

선두!

두 개의 깃발이 휘날리고 있다.

북경을 보위하는 임무를 띤 오군도독부 중 근래 자금성 부근에 집결한 두 도독, 상유관과 상관척을 상징한다. 그들이 드디어 병부와 금의위를 무시하고 자금성으로 군을 몰아온 것이다.

아니다.

그런 게 아니었다.

두 개의 깃발 외에 또 하나의 깃발이 보인다. 병부의 장관인 여민찬의 상징이다. 놀랍게도 얼마 전까지 앙앙불락(怏怏不樂)하던 병부와 오군도독부가 연합하여 건청궁에 모습을 드러냈다. 놀라 뒤집어질 일이다.

결사의 항전을 준비하고 있던 황보굉의 노안에 난감한 기색이 스쳐 갔다. 이런 상상하기조차 싫은 일이 벌어질 줄은 몰랐기 때문이다.

잠시뿐이었다.

그의 얼굴에 곧 수궁과 안도의 기색이 떠올랐다. 병부 장관 여민찬과 어깨를 나란히 하고 있는 연평왕 주정의 건강한 모습이 그를 그리 만들었다.

"결국 연평왕께서 나서셨구나! 하긴 그러니 상 도독과 상관 도독이 설득된 것일 테지……."

그렇다.

근래 원수나 다름없이 변한 병부와 오군도독부를 극적으로 화해케 만든 건 다름 아닌 연평왕 주정이었다.

그동안 납치되어 행방이 묘연하던 그의 등장으로 일촉즉발이나 다름없던 북경 일대의 내전 상태가 순식간에 해결되어 버렸다.

연평왕이 앞으로 나서 큰 목소리로 소리쳤다.

"지엄한 건청궁 안에서 이 무슨 무례한 짓들인가! 나 연평왕부의 친왕이자 황실의 종친인 주정이 모든 혼란을 종식시키려 하니, 어서 길을 열도록 하라!"

'환월 녀석이 결국 성공했구나!'

엽자건은 뒤늦게 연평왕의 정체를 눈치채곤 내심 안도의 한숨을 내쉬었다.

초인의 반열에 오른 무위.

황제를 인질로 삼는 담대한 간담.

이 모두를 지닌 그조차 느닷없이 몰려든 수만의 군세는 아주 부담스러웠다.

당연하다. 제아무리 작게 잡아도 그가 이곳을 벗어나기 위해선 족히 수천이 넘는 인명을 살상해야만 했다. 현재 순찰원에 숨겨져 있는 유대유의 안위 역시 보장할 수 없을 테고.

그가 얼른 앞으로 나섰다.

동창과 금의위에서 잠깐 긴장의 기색이 일었으나 감히 앞을 막을 엄두는 내지 못했다.

병부와 오군도독부의 수만 군세에 둘러싸인 상태에서 황제 가정제의 안위에 조금이나마 위해를 끼칠 일을 할 수 없다는 판단이었다.

덕분에 손쉽게 연평왕 앞에 이른 엽자건이 얼른 품 안의 가정제를 그에게 인도하곤 정중하게 부복했다. 누가 보더라도 연평왕과 아주 밀접한 연관이 있음을 노골적으로 드러내는 모습을 보인 것이다. 그리고 전음으로 말한다.

[전하, 무사하셔서 다행입니다!]

'이자가 바로 근래 사천에 만들어진 무림맹의 무상인 천룡위주에 올랐다는 젊은 영웅 엽자건이로구나! 그런데 생각했던 것보다 더욱 젊지 않은가?'

연평왕은 구사일생으로 목숨을 건진 후 철담협개 등에게

전후 사정을 전해들은 바 있었다.

눈앞의 기괴한 복장의 청년이 자신뿐만 아니라 황형(皇兄) 가정제마저 위험에서 구해냈다는 생각이 들자 내심 고개가 끄덕여졌다.

"그만 일어나게, 형제여!"

'혀, 형제?'

엽자건이 냉큼 부복을 풀고 일어서려다 몸을 가볍게 휘청 거렸다.

그의 앞에 장엄한 기색을 하고 서 있는 연평왕의 나이는 적어도 오십대가 훌쩍 넘었다. 어찌 약관을 살짝 넘긴 엽자건과 형제가 될 수 있겠는가.

하지만 주변에 보는 눈이 너무 많다. 절대로 이런 상황에서 아니라고 발뺌을 할 순 없었다.

"예……."

결국 엽자건이 말끝을 슬그머니 빼며 어색하게 대답했다. 마음속 한켠으론 참 많이 불편해하면서였다.

"우와아아아!"

"우와아아아!"

지들이 뭐 한 게 있다고 때맞춰 병부와 오군도독부의 군 사들이 함성을 터뜨려 댔다. 반면 자신들의 안방을 내주는 꼴이 된 동창과 금의위의 표정이 잔뜩 일그러졌음은 물론이다.

멀리 건청궁이 내려다보이는 전각의 한쪽 끝.

어둠 속에 살짝 모습을 감추고 있는 한 명의 여인이 있다. 이번 연평왕 구출 작전의 으뜸 공신이라 할 수 있는 환월이었다.

'으에! 주인, 저런 이상한 취미가 있었던 건가……'

인자의 안법은 탁월하다.

그중에서도 환월은 특급 인자답게 아주 훌륭한 시력을 지니고 있었다. 거의 수십 장 이상 떨어진 장소이긴 하나 한눈에 궁녀 복장을 한 엽자건을 간파해 냈다.

문득 환월의 예쁜 얼굴에 우울한 기색이 번져 갔다.

부상국 사무라이 사이에는 동성의 사내들끼리 색욕을 푸는 일이 비일비재했다. 그런 걸 성(聖)이라 부르며 아주 숭상하고 있었다.

당연하달까?

그런 일에 빠진 사내는 여자를 돌처럼 봤다.

어떤 미녀보다도 잘생기고 늠름한 사내한테 관심이 많았다.

그러고 보니 전날 그녀를 황홀경에 빠뜨렸던 송지하와의 잡극 공연도 아주 의심스럽다. 송지하와 엽자건은 그날 아주 아름다웠고, 어떤 여인의 범접도 허락하지 않을 태세였다.

'…아, 아닐 거야! 주인의 곁에는 미인이 많았어! 아주 많았다구! 그중 여태까지 어느 누구하고도 잠자리를 함께하지 않았기도 했고.'

생각을 거듭할수록 환월은 우울해졌다. 진짜 엽자건이 사내에게 관심이 있다면 향후 자신을 여자로 대해줄 가능성이 전혀 없을 터였기 때문이다.

도리! 도리!

환월이 얼른 고개를 가로저었다. 마음속에서 귀살인도를 지우며 언제나 긍정적으로 생각하기로 작정했다. 아직 어떤 것도 확실해지지 않은 상태에서 절망할 수는 없었다.

한데, 근래 보기 드문 망상에 사로잡혀 있던 그녀의 안색이 갑자기 딱딱하게 굳었다.

순간 뭔가 알 수 없는 기운이 다가들어 왔다.

그녀의 전신을 압박하더니, 단숨에 옥죄어서 완전히 구속해 버리려 했다. 부상국은 물론이거니와 중원에 온 이후에도 처음으로 느껴본 위험한 감각이다.

스으!

환월은 두 번 생각할 것도 없이 환마류 특유의 은신술을 펼쳤다.

그녀는 풀쩍 전각의 지붕 위에서 신형을 띄워 올리며 뒤로 몇 차례에 걸쳐 공중제비를 돌았다. 그렇게 함으로써 자신을 전방위적으로 압박해 들어온 위험한 기운으로부터 스스로를 보호하고자 했다.

극히 짧은 순간 만에 그리했다.

하지만 그녀의 작은 몸을 형태조차 감별되지 않는 전방위적인 위협으로부터 보호하는데… 그것만으론 부족했다, 아주 많이.

저릿!

일순 몇 차례에 걸친 공중제비와 함께 지붕 반대편으로 신형을 이동시키던 환월의 반신이 마비되었다.

발끝이 시작이었다.

빠른 속도로 마비는 무릎을 걸쳐 허벅지와 골반까지 전이되었다. 빛이나 다름없는 속도다.

결국 극한에 이른 인법으로 무장한 환월은 삽시간에 균형을 잃어버렸다. 전각의 지붕 위를 몇 차례 구르더니, 힘없이 바닥으로 떨어져 내렸다.

도대체 어떻게 된 일일까?

그녀는 단단한 청석으로 된 바닥에 추락하기 직전까지 생각을 거듭했다. 그러나 아무리 머리를 굴려도 소용없었다. 전혀 알 수 없었다. 자신이 어떤 수법에 반신이 마비되었고, 추락까지 하게 되었는지에 대해서.

'나… 이대로 죽는 건가?'

마지막으로 떠올린 생각.

그렇진 않았다. 막 환월이 머리부터 바닥에 충돌하기 직전,

놀라운 반전이 일어났기 때문이다.

슉!

추락하던 환월을 낚아챈 강인한 팔뚝의 소유자.

바로 얼마 전까지 그녀를 충격과 공포 속에 몰아넣었던 주인공인 엽자건이다.

그는 순간적으로 수십 장이나 되는 거리를 뛰어넘었다.

단숨에 적지 않은 공간을 가로질러 환월을 죽음의 위기에서 구해냈다. 근래 진보한 무공과 함께 애초부터 그녀가 숨어 있는 장소를 간파하고 있었던 덕을 톡톡히 봤다고 할 수 있겠다.

물론 그가 간파한 게 그것뿐일 리 없다.

토옥!

가볍게 청석 바닥을 발끝으로 찍은 엽자건의 신형이 쏜살같이 천공 위로 치솟아올랐다. 예의 일학충천이나 거의 순간적으로 환월이 떨어져 내린 전각을 몇 배 뛰어넘을 만큼 높게 뛰어오른 게 사람을 경악케 한다.

놀랄 만한 일은 그것만이 아니다.

스윽!

그가 가볍게 손을 내뻗자 스르륵 소리와 함께 어느새 천공을 한 바퀴 돌고 온 천간검의 모습이 보인다. 제집을 찾아오듯 엽자건에게 회수된 것이다. 환월의 추락과 동시에 내던져졌다가 말이다.

"주, 주인……."

"수고했다, 아주 많이."

엽자건이 천공 위에 몸을 띄운 상황임에도 자신의 품속에
포옥 안겨 있는 환월의 머리를 슬슬 쓰다듬어 줬다. 그녀에겐
최고의 칭찬이다. 일순 그동안의 노고와 피로가 몽땅 풀리는
듯하다.

그때다.

여전히 천감검을 거둬들이지 않은 그의 눈이 한쪽 방면을
향해 강한 천살지기를 뿜어냈다.

아니다.

이미 그건 천생적으로 형성되어 전장에서 고양된 기운을
뛰어넘었다. 절대고수만이 발휘할 수 있는 의형수형(意形隨
形)의 무형지기였다.

번뜩!

엽자건의 두 눈이 확인한 건 자금성에서 족히 수백 장가량
떨어진 곳에 위치한 하늘이었다. 그 말도 안 되는 장소에 지
금 밤바람에 옷자락을 펄럭이고 있는 한 명의 노문사가 마치
환상처럼 존재하고 있었다.

얼핏 보기에 꽤나 좋은 인상이다.

하지만 확인할 수 있었던 건 단지 그것뿐이었다.

어느새 노문사는 엽자건조차 간파할 수 없는 곳으로 모습

을 감춰 버렸다. 야천에서 지상으로 추락해 무수히 많은 고택 군 사이로 사라져 버린 것이다.

'냄새가 나는 늙은이로군. 아주 냄새가 구려…….'

엽자건이 맡은 건 음모의 냄새였다.

피와 살이 튀는 전장에서 만나는 가장 더러운 일.

그것은 다름 아닌 음모의 희생자가 되는 것이었다. 누군가 의 한 뼘밖엔 안 되는 머릿속에서 튀어나온 모계(謀計)로 움 직이는 장기판의 말이 되는 것이었다.

당연히 엽자건은 그런 역할을 아주 싫어했다. 비슷한 상황 을 만나는 것조차 용서할 수 없었다. 잡극의 예인이었을 때도 비운의 주인공 역은 딱 질색이었다.

'쩝! 하지만 지금 당장은 저 냄새 나는 늙은이를 쫓아갈 수는 없겠구만. 일단 이쪽 일을 처리하는 게 먼저니까 말 야.'

으쓱!

내심 입맛을 다신 엽자건이 어깨를 한차례 추어 보이곤 스 르륵 바닥으로 떨어져 내렸다. 그때까지도 그의 품속에 안긴 상황을 즐기고 있던 환월이 놀란 토끼 눈이 되었으나 전혀 개 의치 않았다.

"중원… 역시 재밌는 곳이 아닌가?"

여유가 넘치는 목소리와 달리 천기마야의 표정은 조금 음

침해져 있었다.

느닷없이 자금성에서 벌어진 반전!

결코 그가 원하거나 생각해 놨던 전개가 아니었다. 후덕하다는 표현이 가장 잘 어울리던 좋은 인상에 살짝 사기(邪氣)가 깃든 것도 어쩔 수 없는 일이겠다.

잠깐뿐이었다.

그는 다시 평소의 안색을 회복한 후 방금 전 야천으로부터 떨어져 내린 고택 안으로 천천히 걸어 들어갔다.

곧 대군이 밀어닥칠 것이다.

이런 곳에서 계속 지체하고 있을 시간은 없었다. 애석하지만 지금 이 시간부로 마천의 중원 지부는 폐쇄해야 할 터였다. 흥미로운 선물을 남겨놓고서 말이다.

"마령귀사가 어떤 변명을 늘어놓을지 꽤 기대가 되는군. 그래 봤자 북경 지부를 날려먹은 것에 대한 적당한 대가를 치러야 할 테지만 말야."

천기마야의 입에서 흘러나온 나직한 뇌까림 한마디가 어둠 속에 잠시 머물다 사라졌다.

그리고 밤은 점점 더 깊은 어둠 속에 파묻혀 가고 있었다.

*   *   *

순찰원.

하루 만에 무사귀환한 엽자건을 향해 세 명의 나이 어린 궁녀가 열렬한 환호성과 함께 작은 새처럼 날아들었다.

"어이쿠!"

"자건 오라버니!"

"어이쿠!"

"오라버니! 오라버니!"

"어이쿠!"

"자건 오라버니가 왔다! 왔어!"

엽자건은 옥화, 혜원, 서화가 순서대로 달려와 안길 때마다 연신 비명을 터뜨렸다.

물론 진짜 아파서가 아니다.

전혀 그렇지 않았다.

그의 다소 심한 엄살의 원인은 따로 있었다.

세 명의 애기 궁녀들과 달리 멀찍이 떨어진 곳에서 촉촉하게 젖은 눈매를 던지고 있는 한 명의 여인에 기인했다. 몰래 순찰원을 빠져나간 자신을 오매불망(寤寐不忘) 기다리고 있었음이 분명한 그녀 말이다.

'화가 났군.'

누가 봐도 알 수 있겠다. 그만큼 순찰원 부원주 홍인화의 표정은 좋지 못했다. 당장 엽자건에게 달려들어 그의 얼굴 중 일부를 쥐어 뜯어놓을 것만 같다.

아니다.

전혀 그렇지 않았다.

문득 표정을 정리한 홍인화가 진홍빛 입술에 가벼운 한숨을 담더니, 엽자건에게 정중하게 허리를 숙여 보였다.

"엽 대인, 대업을 이루고 오시느라 고생이 많으셨습니다."

'엽 대인?'

엽자건의 얼굴에 살짝 당황감이 어렸다.

자금성에 들어온 직후 가장 많은 신세를 진 사람이 눈앞의 홍인화였다. 비록 그것이 환몽사안 덕분이었다곤 하나 내심 고마운 감정이 생기지 않았을 리 만무했다. 사람과 사람 간의 관계는 보통 그러하다.

그 같은 엽자건의 당황감을 홍인화가 깨끗이 정리해 줬다.

"유 장군께서 얼마 전 이곳을 떠나셨습니다. 그때 천녀의 미몽을 깨끗이 치료해 주셨지요."

"미몽을 치료……."

"하여 천녀는 황상을 모시는 궁녀의 신분을 망각하고 잠시나마 엽 대인을 마음속에 품었던 점, 진실로 부끄럽게 생각하고 있사옵니다."

'그렇게 된 거였군.'

곤왕 유대유의 괴물 같은 무위는 충분히 경험한 바 있었다. 그가 혼수상태에서 회복되었다면 엽자건의 어설픈 환몽사안 따위는 단숨에 치료할 수 있었을 터였다.

내심 고개를 끄덕인 엽자건이 화제를 바꿨다.

"유 장군께서 혹시 다른 말씀은 남기지 않으셨소?"

"지금부터 '마천'이란 곳을 제거하러 떠나신다 하셨습니다. 또한 이번에 유 대인께서 얻은 심득을 소중히 여기고 결코 허투루 사용치 말라는 말씀도 남기셨습니다."

"마천이라……."

한 번도 들어보지 못한 곳이다. 하지만 아주 짐작이 가지 않는 바도 아니었다.

전날 환월을 구하며 시선을 나눴던 인상 좋은 노인.

그에게서 이미 지독히도 구린 냄새를 맡은 터였다. 이번에 자금성에서 벌어진 내전 역시 심상찮았고 말이다. 뒤에서 은밀히 장기를 두고 있는 자가 없으리란 보장은 없었다.

'…그래도 참 무심한 분이구만. 내 덕분에 목숨을 건지셨으면서도 얼굴 한 번 비치지 않고 떠나시다니 말야.'

척호 역시 그런 말을 했었다.

사부 유대유는 바람 같은 사람이라고. 절대 남에게 잡히지도 않고 잡을 수도 없는.

그 같은 생각과 함께 엽자건이 품속에 여전히 안겨 있던 세 꼬마 궁녀를 떼어냈다. 그녀들을 바라보는 홍인화의 시선이 슬슬 사나워지고 있었기 때문이다.

"자건 오라버니?"

"히힝! 더 안아주지 않고……."

"왜?"

연달아 입을 삐죽이는 옥화, 혜원, 서화의 머리를 한 번 씩 쓰다듬어 준 엽자건이 홍인화에게 얼른 다가섰다. 그녀에게 그동안 환몽사안을 발휘한 것에 대한 사과를 하고 싶었다.

슥!

홍인화는 오히려 뒤로 물러섰다. 처음 만났을 때와 하등 달라진 게 없는 푸른 서슬이 얼굴에 떠올라 있다.

"볼일을 다 보셨으면 엽 대인께서는 이만 순찰원을 떠나주시기 바랍니다."

"홍 소저……."

"천녀는 황상을 모시는 궁녀이옵니다, 이 아이들과 마찬가지로. 그러니……."

잠시 안색을 굳히며 말끝을 흐린 홍인화가 힘겹게 뒷말을 이었다.

"…그러니 더 이상 어떤 말도 하지 말고 이곳을 떠나주십시오. 천녀의 마지막 부탁이옵니다."

"알겠소."

엽자건이 천천히 고개를 끄덕여 보였다. 이렇게까지 홍인화가 말하는데 계속 이곳에서 버티고 있을 순 없다는 판단이었다.

"자건 오라버니!"

"자건 오라버니!"

"자건 오라버니!"

옥화, 혜원, 서화가 크게 놀라 소리를 지르며 엽자건에게 달려가려다 홍인화의 매서운 눈길에 걸음을 멈췄다.

멀어져 가는 엽자건의 뒷모습.

여태까지와 달리 임시로 금의위의 금포무장을 한 그의 모습은 그야말로 임풍옥수(臨風玉樹)란 말이 절로 떠오른다. 그만큼 준수하고 멋있었다.

뒷모습 역시 마찬가지다.

다소 쓸쓸한 기운이 감도는 그의 퇴장을 거의 넋을 잃은 듯 바라보던 홍인화의 두 눈에 맑은 눈물이 고여들었다.

환몽사안?

그런 것이 영향을 끼친 건 고작해야 한순간뿐이었다. 여심을 줄곧 제 맘대로 휘두를 순 없었다. 다른 자들이 이튿날 거의 그 영향에서 벗어난 것만 봐도 알 수 있는 일이다.

그럼에도 홍인화는 줄곧 엽자건을 기다리고 염려하고 걱정해 왔다. 그를 위해 어떤 일이든 하려 했다. 설혹 그로 인해 자신의 목숨을 잃는다 해도 상관없다고 여길 정도였다.

사랑! 사랑이었다!

그녀는 진심으로 엽자건을 마음속에 품었다. 자신의 진정한 정인으로 여겼다. 유대유의 깨우침으로 궁녀라는 신분의 벽을 절감하기 전까진 분명 그러했다.

'부디 영웅이 되십시오! 아니, 영웅 따윈 되지 않으셔도 좋습니다! 부디 옥체 보중하시고 천녀 같은 궁녀가 아니라 좋은 여인을 만나 행복하십시오!'

내심 오열을 터뜨린 홍인화가 천천히 대례를 올렸다.

그녀의 뒤에 선 옥화, 혜원, 서화 역시 어느새 얼굴을 크게 붉힌 채 두 눈 가득 눈물을 그렁그렁 매달고 있었다. 평생 처음으로 진짜 여자의 사랑을 목도한 까닭이었다. 궁녀가 된 자신들에게 예약된 미래와 함께 말이다.

멈칫!

엽자건은 순찰원을 빠져나가는 중문 앞에 이르러 걸음을 잠시 멈췄다.

한쪽 담에 몸을 기대고 있는 미남자.

불귀옥 사상 처음으로 두 번째 출옥하는 기묘한 신화를 이룩한 송지하가 천천히 고개를 가로저어 보였다. 입가에는 한숨마저 매달려 있다.

"엽 대형도 참 한심하십니다. 어찌 여인의 심사를 그리 모를 수 있는 겁니까?"

"여인의 심사?"

"가란다고 그냥 가는 바보가 어딨습니까? 저만하면 중상급에 속하는 미모인데다 궁녀인데 말입니다. 본래 미녀 궁녀란 쉽사리 만날 수 없는……."

"흰소리 그만 하고, 무공은 확실히 회복한 건가?"

"뭐, 엽 대형이 해준 벌모세수에 해독제 덕분에 그럭저럭 절반가량은 회복한 것 같습니다."

"하룻새 절반이면 훌륭하군."

"본래 제가 좀 천재에 무골이라서……."

"됐고. 곤왕 선배가 북경을 떠나 어디로 향했는지나 말해 봐!"

"…엇!"

느물거리던 송지하의 안색이 살짝 변했다. 일시 엽자건이 자신의 뱃속에 기생하는 회충처럼 보이는 듯싶다.

엽자건이 나직이 코웃음 쳤다.

"아마 나보다 훨씬 더 곤왕 선배한테 관심있는 사람이 있다면 바로 너잖아! 이렇게 남녀의 도리 어쩌구 하는 말이나 늘어놓고 있는 걸 보면 필경 이미 그분의 행적에 대해 짐작 가는 바가 있다는 뜻일 테지. 어쩌면 다시 대학사 엄숭 어르신과 사이가 좋아졌을지도 모르고 말야."

"귀신이십니다!"

"……."

송지하가 엄지손가락을 곧추세웠으나 엽자건은 냉정하게 고개짓만 해 보인다. 딴짓하지 말고 자신의 질문에 대한 답이나 내놓으라는 뜻이다.

결국 어깨를 한차례 으쓱해 보인 송지하가 설명했다.

"그분은 새벽 무렵 자금성을 빠져나가 곧장 서귀로 쪽으로 향했다가 종적이 묘연해지셨습니다."

"그럼 지금쯤 북경을 빠져나가셨겠군?"

"아마도 그리하지 않으셨겠습니까? 황상과 그런 말도 안 되는 싸움을 벌이셨으니 북경에 계속 남아 계실 순 없을 테고 말입니다."

"역적이 되신 건가?"

"아직 확정된 건 아닙니다. 대학사 어르신은 예전부터 곤왕 선배의 비판적 지지자였고, 연평왕 전하 역시 마찬가지시니까요. 물론 황상께서 의식을 회복하신다면 사정이 달라질 수도 있겠지만……"

"힘들겠지."

"…그렇겠지요. 이번 내전으로 인해 확고한 권력 기반을 다진 연평왕 전하와 대학사 어르신께서 그 같은 상황을 원치 않으실 테니까요."

"흠!"

엽자건이 손가락으로 턱을 간질이며 눈매를 가늘게 만들었다. 문득 자금성을 떠난 유대유가 어째서 서귀로로 향했는지 짐작 가는 바가 있었기 때문이다.

'그나저나 연평 왕야가 의형제를 맺자고 한 건 어떻게 거절해야 하는 거람? 갑자기 벼슬 같은 걸 내려주고 북경에 머물라고 하면 귀찮은데 말야.'

―입신양명(立身揚名)!

세상 사람들 중 대부분이 원하는 바다. 이 네 글자 속에 세상의 모든 명리가 담겨 있었기 때문이다.

그러나 엽자건은 예인이었다.

더불어 타고난 싸움광이자 무림인이었다. 명리에 담담할 수밖에 없는 소림사의 제자이기도 했다.

잠깐의 망설임도 없이 그는 연평왕이 제시한 입신양명의 길을 마음속에서 털어냈다. 일고의 가치도 없는 것으로 만들었다, 귀찮다는 한마디 말과 함께.

*   *   *

고택.

서귀로에 위치한 이 평범한 장원 앞에 이른 곤왕 유대유의 봉황안에 씁쓰레한 기색이 어렸다.

'한 걸음 늦었구나! 그런데 어찌 이런 짙은 마기(魔氣)가 뿜어져 나올 수 있단 말인가?'

마기!

인세에 존재해선 안 되는 기운이다. 사악한 마공을 연마한 마인(魔人)이나 음습하고 사람의 인적이 드문 귀곡(鬼谷) 속에서나 만날 수 있는 기운이기도 하다.

당연히 아주 오랫동안 무수히 많은 사람들이 거주해 왔던 대도시의 한복판에서 이런 기운을 만날 일은 거의 없었다. 누군가 작심하고 사악한 대법이나 진법, 마물(魔物)을 풀어놓지 않았다면 일어날 수 없는 일이란 뜻이다.

유대유는 가정제의 몸에 강신한 대막마신과 대결하던 중 무위자연의 도(道)를 얻을 수 있었다. 현존하는 무인 중 거의 유일무이하게 인간으로서 대자연기를 사용할 수 있는 초인의 경지에 오르게 된 것이다.

지금 역시 마찬가지다.

마음이 움직이자 자연스레 일어난 대자연기가 고택 내부의 사악한 기운을 감지해 냈다. 눈으로 확인하지 않았음에도 활발하게 많은 정보들을 전해왔다.

'필경 이 마물들은 마천의 주인인 천기마야란 자가 남겨 놓은 것일 터. 만약 이 고택에 펼쳐져 있는 결계가 풀려 마물들이 풀려난다면 북경 일대에 대혼란이 일어나게 될 것이다.'

내심의 판단과 함께 유대유가 자금성을 빠져나오기 전 대자연기를 이용해 찾아낸 애병 묵룡천뢰곤을 등에서 떼어냈다. 아주 강력한 일격을 펼칠 필요가 있다는 판단이었다.

우웅!

반가움인가? 서러움인가?

아주 오랜만에 주인의 손길을 느낀 묵룡천뢰곤이 나직한 공명을 일으켰다. 더불어 순간적으로 천지를 양단시키며 일어난 곤의 울부짖음!

쾅!

유대유의 묵룡천뢰곤을 떠난 거대한 벼락이 인세의 것이 아닌 것 같은 마기를 품고 있던 고택 위로 떨어져 내렸다. 단숨에 일도양단해 버렸다.

꿈틀!

보기 드문 팔두마차를 몰아 북경성을 한참 벗어난 관도 위를 달리게 하고 있던 천기마야의 노안이 가벼운 떨림을 보였다. 찌푸림이다.

"대존주의 유희가 또다시 말도 안 되는 괴물을 만들어내지 않았는가? 마천의 자랑 중 하나인 오대마물 중 하나인 만시귀자(萬屍鬼者) 삼십 구를 단 일격에 날려 버리다니!"

만시귀자.

고대의 마교에서 발원해 배교(拜敎)로 전해졌다고 알려진 무적의 강시(殭屍)를 뜻한다. 단 한 구를 만드는 데 만 구의 시체와 피가 필요하기에 악마의 강시라 불리기도 한다. 그걸 삼십 구나 단숨에 날렸으니 천기마야의 불쾌감이 극에 달한 건 어쩔 수 없는 일이었다.

언제나와 같이 잠시뿐이었다.

곧 평정심을 회복한 천기마야가 팔두마차를 모는 데 집중했다. 어차피 주군이자 골칫거리인 대존주 대막마신의 납치는 성공적으로 완료되었다. 더 이상 대군이 인의 장벽을 치고 있는 북경 부근에 남아 있을 이유는 없었다.

주(註)

토목보의 변:정통 14년. 원나라의 후예인 몽골의 오이라트 부족의 족장 에센과 환관 왕진이 조공인 말의 가격 문제로 전쟁이 벌어지게 되었는데, 황제가 직접 친정에 나섰다가 대패한 사건이다. 당시 명나라는 약 50만 명의 대병이었고, 에센은 2만 명(일설에는 4만 명) 정도의 몽골 병사를 이끌었는데, 토목이란 곳에서 싸우다 전멸을 당하다시피 하고 황제까지 포로가 되었다고 한다. 명나라 역사에 길이 남을 수치스런 패배 중 하나다.

第八十一章

이독제독(以毒制毒)

少林棍王
소림곤왕

여강.

목왕부에서 얼마 떨어지지 않은 옥룡설산(玉龍雪山)의 구름 사이를 여유롭게 산책하던 대법대불왕의 입꼬리가 올라갔다. 특유의 세상을 조롱하는 듯한 미소다.

"생각보다 빨리 왔구나?"

"염려해 주신 덕분입니다."

정중한 대답과 함께 모습을 드러낸 이는 여전히 독특한 금안을 번뜩이고 있는 잔혹마군 냉고성이었다. 얼마 전까지 북혈단과 함께 대리 점창파를 도모하다 막 돌아온 참이었다.

"갔던 일은 어찌 되었지?"

"명하신 대로 점창파 제자 일백을 죽이고 삼십 년 봉문을 얻어냈습니다."

"장문인인 신응검로(神鷹劍老)는 어찌 되었지?"

"팔을 가져왔습니다."

대답과 함께 냉고성이 붉은 천에 둘둘 말린 길쭉한 물건을 대법대불왕의 발치에 내려놨다. 굳이 눈으로 확인하지 않아도 진하게 풍겨 나오는 썩는 내가 안의 내용물이 무언지를 말해주고 있다.

"신응검로도 급했군. 일파지주가 스스로 자신의 팔을 잘라냈으니……."

"북혈단의 쌍뇌존자 막사여가 점창파를 이참에 멸문시키자 주장하는 걸 말리느라 힘들었습니다."

"…건방진 놈! 감히 본불이 하는 일에 딴지를 걸었다는 거냐?"

"법왕님의 이름을 듣고 물러서긴 했습니다만, 불만이 많은 표정이었습니다."

"흥!"

대법대불왕이 나직이 코웃음 쳤다.

근래 운남무림을 장악하는 과정에서 힘을 합치게 된 북혈단을 그는 믿지 않고 있었다. 언제든 중원무림을 정복하는 과정에서 뒤통수를 칠 수 있다 여긴 까닭이다.

그 같은 인식의 기저에는 아직까지도 정체를 드러내지 않

고 있는 북혈단주가 존재했다. 자신의 오른팔인 막사여와 정
예 부대인 북혈청랑대(北血靑狼隊) 일천 명을 내주긴 했으나
진정한 속셈을 아직까지 드러내지 않고 있었다.

'하긴 딴마음을 품고 있는 게 북혈단주뿐은 아니긴 하지.
당장 내 앞에 있는 냉고성 이놈도 근래 제 세력을 몰래 운남
으로 데려왔으니까……'

내심의 중얼거림과 함께 대법대불왕이 냉고성에게 무심한
시선을 던졌다. 질문 역시 이어진다.

"한데 어째서 막사여와 함께 돌아오지 않은 것이지?"

"막사여는 현재 북혈청랑대를 이끌고 사천으로 향하고 있
습니다."

"사천으로 향하고 있다?"

"그가 말하길 중원의 황제가 백치가 되었고, 곤왕 유대유
는 북경에서 모습을 감췄으니, 더 이상 사천 정벌을 미룰 이
유가 없어졌다고 하더군요."

"그럴듯하군."

"예, 그래서 속하 역시 일 개월 전 후금에서 온 제 사병 조
직인 잔혹마검대(殘酷魔劍隊) 일천을 완벽하게 준비시켰습니
다. 법왕님의 명이 떨어지시면 곧바로 포달랍궁의 본대인 환
희불(歡喜佛)의 일천 라마와 함께 합류시키기 위해서."

"……"

대법대불왕이 침묵 속에 고개만 한차례 끄덕여 보였다.

보기 드문 칭찬이다.

이번에 냉고성에게 귀속된 잔혹마검대는 후금의 황천기주 휘하에서도 최정예에 꼽히는 무력 집단이었다. 그들의 합류가 사천 정벌에 큰 도움이 될 것은 자명한 사실이었다.

또한 대법대불왕은 냉고성의 정직함에 높은 평가를 내렸다. 그가 마음속에서 황천기주를 버리고 완전히 자신의 수하가 되었다는 생각이 든 까닭이었다.

'역시 예쁜 딸은 두고 볼 일인 게지.'

문득 대법대불왕이 입가에 슬쩍 미소를 매달았다.

"그러고 보니 전날 사천무림을 아주 쉽게 정벌할 수 있는 방도가 있다고 했던 것 같은데?"

"이독제독(以毒制毒)의 방도입니다."

"이독제독?"

"당가의 독으로 사천무림을 칠 수 있을 것 같습니다. 명만 내려주신다면 바로 작전에 들어가도록 하겠습니다."

"재밌겠군."

대법대불왕의 재밌다는 표정을 본 냉고성이 정중하게 허리를 숙여 보였다. 이미 대답을 들은 것이나 다름없다 여긴 것이다.

잠시 후.

냉고성과 헤어진 대법대불왕은 옥룡설산 중턱에 위치한

작은 도관에 도착해 있었다.

전체가 하얀 대리석으로 되어 있는 도관.

여강 남서족 고유의 문자가 사방에 새겨져 있어 꽤나 신비로운 느낌이 든다. 바로 옥룡설산의 성모(聖母)를 모셔놓은 곳인 까닭이기도 하다.

까닥!

대법대불왕이 손가락을 움직인 순간 도관의 문이 무형의 힘에 의해 활짝 열렸고, 푸른 궁장의 차림의 여인이 깜짝 놀란 표정이 되었다. 여강에 도착한 직후부터 줄곧 옥룡설산에서 생활해 왔던 현천마녀 능여옥이었다.

슥!

능여옥이 특기인 현천환환보법을 이용해 신형을 날리더니, 곧바로 대법대불왕 앞에 부복했다. 몇 해에 걸쳐 몸을 섞어왔던 사이답지 않은 모습이다.

"어찌 이런 누추한 곳까지 오셨는지요?"

"네가 오지 않으니 본왕이라도 와야 하지 않겠느냐?"

"그런……."

능여옥이 차갑고 이지적인 안색을 가볍게 붉혔다. 대법대불왕의 말이 마치 사랑 고백처럼 느껴졌기 때문이다.

착각이었다.

곧 긴 눈썹을 한차례 치켜올려 보인 그가 화제를 바꿨다.

"이젠 본왕에게 말해줄 때도 된 것 같은데? 어째서 네년이

곤왕을 그리 증오하고 있는지 말야."

"……."

능여옥의 붉어졌던 안색에 차디찬 서리가 내렸다.

그녀 인생 최대의 유감이 있다면 다름 아닌 곤왕 유대유와 관계된 일이었다. 그로 인해 순진무구했던 어린 시절이 악몽으로 돌변했고, 시궁창 속에 처박히게 된 까닭이었다. 만약 대법대불왕이 아닌 다른 자가 이 같은 언급을 했다면 당장 살공을 펴부었을 터였다.

잠시 격동하려는 마음을 가다듬느라 침묵하던 능여옥이 다소 딱딱해진 표정으로 말했다.

"법왕께서는 역시 요진이의 태생을 의심하시는 겁니까?"

"아니, 그렇진 않아. 네년은 본왕에게 안길 때까진 꽤나 정숙했으니까."

"하면 어째서 그 악적에 대해 질문하시는 건지요?"

"네년에게 기회를 주고자 함이다."

"기회라시면?"

"곧 사천 정벌에 들어간다."

"드디어!"

능여옥의 얼굴에 환희에 가까운 표정이 떠올랐다. 방금 전의 격동조차 월등히 뛰어넘는 모습이다.

내내 대법대불왕의 입가에 매달려 있던 미소가 더욱 얄궂어졌다. 묘한 기운을 발산했다.

"그래, 사천에 조성된 신무림맹을 박살 내고 그다음은 섬 서무림과 소림, 개방, 무당이다. 당연히 곤왕이 본왕의 앞을 가로막아 서지 않겠느냐?"

"그날이 천첩의 원(怨)을 풀어주실 날이실 테지요!"

"아니."

"예? 하지만……."

다급한 표정으로 반박하려던 능여옥에게 대법대불왕이 슬쩍 손을 들어 보였다. 더 이상 말하지 말라는 뜻이다.

그가 말을 이었다.

"방금 전 네년에게 기회를 주고자 함이라 말했다. 본왕이 그 같은 질문을 던진 의중을 아직도 모르겠느냐?"

"……."

능여옥은 잠시 침묵을 지켰다.

그녀는 알고 있었다, 지금 대법대불왕이 자신에게 상당히 후한 행동을 하고 있다는 것을.

'그냥 환몽사안을 펼치면 될 일이다. 그러면 어찌 내 속내를 법왕께 다 드러내지 않을 수 있을까?'

대법대불왕은 그러지 않았다.

천하제일이라 해도 부족할 광오한 자신감!

천하무림을 일통하는 일조차 그저 한 여인의 원을 들어주기 위함이라 말하는 그였다. 이리 오랫동안 기다려 왔고 다시 의중을 묻는 귀찮음을 피하지 않은 것은 대단한 일이었다. 결코 앞으로 있을 수 없는 일이기도 했다.

꿀꺽!

목울대로 자신도 모르게 침 한 모금을 삼킨 능여옥이 조심스런 표정으로 말했다.

"법왕의 하해와 같은 은혜에 감사드리옵니다."

"됐고! 그냥 설명이나 해!"

"예."

여전히 조심스런 태도로 고개를 숙여 보인 능여옥이 천천히 이야기를 꺼내놓았다.

지금으로부터 삼십여 년 전.

일인전승으로 유명한 천산 현마문(玄魔門)의 무공을 이은 능여옥은 발랄한 이십대 후반의 미녀였다.

일인전승하는 문파들이 대개 그렇듯 현마문 또한 특이한 규칙이 있었다. 결코 무공을 칠성 이상 연마하기 전에는 문파를 떠날 수 없다는 조건이었다.

덕분에 천산을 내려온 능여옥은 나이에 비해 세상 물정을 그리 많이 알지 못했다. 마도에 속했다곤 하나 현마문 자체가 은자의 문파나 다름없었기 때문이기도 하다.

당연하달까?

순진한 성품의 미녀가 무림을 돌아다니다 보니 아주 다양한 사건에 연루되게 되었고, 개중에는 위험천만한 일도 있었다. 무공만으론 어찌해 볼 수 없는 일이 세상에는 참 많았다. 특히 여인에겐 말이다.

그때 만난 사람이 곤왕 유대유였다.

그는 마침 강호의 음적들한테 걸려서 곤란을 겪고 있던 능여옥을 아주 멋있게 구해줬다. 그들이 뿌린 음약을 막강한 내공으로 제거해 주고 그녀의 여인으로서의 존엄 역시 지켜줬다. 무림 중에 흔히 볼 수 있는 협객행의 한 대목을 훌륭하게 수행한 것이다.

대부분 이런 때 벌어지는 일은 뻔하다.

한 명의 아름다운 여인이 청년 영웅을 만났으니, 어찌 사랑의 불꽃이 피워 오르고 한 쌍의 연인으로 맺어지지 않을 수 있겠는가!

결과는 정반대였다.

그 후 얼마 지나지 않아 두 사람은 원수가 되었다. 내심 유대유를 지아비로 여기게 된 능여옥을 그가 철저히 외면한 까닭이었다.

이유에 대한 설명?

그런 건 없었다. 정신을 회복한 능여옥과 얘기를 나눈 유대유가 당혹한 표정으로 황급히 그녀의 곁을 떠난 게 전부였다. 마치 더러운 일에 연루라도 되었다는 듯이 말이다.

"…천첩이 마도에 속한 현마문 출신인 것을 문제 삼은 것일 테지요. 여인의 옷을 벗기고 정절을 짓밟고서 책임지지 않으려 한 것이고요."

이를 갈며 설명을 끝낸 능여옥을 바라보는 대법대불왕의 안색이 묘하게 변했다. 몇 가지 이해 가지 않는 사항이 있었기 때문이다.

'그런 사정이 있어 심마에 빠졌던 것이었구만. 피를 토하고 아무도 없는 쓸쓸한 황야에서 죽어가고 있던 건 바로 사랑 때문이었어. 하지만 곤왕에게 정절을 짓밟혔다니, 재밌는 계집이 아닌가? 죽어가던 걸 음양대법으로 구해준 건 바로 이 몸인데 말씀이야.'

역시 우연이었다.

황량한 황야에서 피를 토하고 죽어가는 능여옥을 구한 건 바로 대법대불왕이었다.

구도를 위한 탁발행 중이었달까?

서장의 포달랍궁을 떠나 행각을 하고 있던 그는 죽어가는 능여옥을 구하기 위해 색계를 깼다. 본래 환희밀종의 제자로 색계에 구애받지 않는 몸이긴 하나 새로운 불도의 영역을 향해 걷고 있던 그로선 아주 큰 마음을 먹은 것이라 할 수 있었다.

본시 한 명의 인명을 구하는 것이 천 개의 불탑을 쌓는 것보다 낫다는 말도 있잖은가!

물론 당시 그런 걸 생각한 건 아니다.

그냥 능여옥이 마음에 들었다. 처음 본 순간부터 관심을 끌었다.

어쨌든 그 한 번의 정사로 태어난 게 감요진이었다.

그 사실을 뒤늦게 알고 모녀를 한꺼번에 거둬들였는데, 근래 새록새록 정이 드는 걸 느꼈다. 완전히 벗어났다고 여겼던 인간의 감정을 다시금 느끼게 된 것이다.

그래서인지 능여옥의 고백이 끝난 순간 대법대불왕은 곤왕 유대유에게 문득 묘한 적개심을 느꼈다.

질투다.

얼마 전까지 가지고 있던 호승심과는 다른 감정이 불끈거리며 치솟아오르고 있었다. 자신의 것이어야 할 능여옥의 마음속에 여전히 남아 있는 과거의 그의 모습이 그를 아주 불쾌하게 만들었다.

'역시 성불하기엔 아직 이른 것일 테지……'

내심 오랜만에 느껴보는 인간적인 감정에 쓰게 웃어 보인 대법대불왕이 천천히 신형을 돌려세웠다. 그리고 놀란 표정이 된 능여옥에게 말한다.

"널 거둬들였을 때 한 약속은 반드시 지킬 테니 염려하지 말거라."

"저, 정녕이십니까?"

"믿거라!"

나직하나 힘이 느껴지는 말과 함께 대법대불왕이 능여옥

의 앞에서 종적을 감춰 버렸다. 마치 처음부터 아예 존재하지 않았던 것같이 말이다.

"…믿지요! 믿겠습니다!"

능여옥이 부복한 자세 그대로 바닥에 머리를 조아렸다. 두 눈에 담긴 묘한 기운은 정인지 한인지 알 수가 없다.

*　　　*　　　*

중경.

독존 당무양의 얼굴에는 활기가 넘치고 있었다.

근래 천무각에서 무료한 하루하루를 보내고 있던 노인의 모습은 더 이상 눈을 씻고 찾아봐도 보이지 않았다. 갑자기 완전히 사람이 달라진 것 같았다.

무슨 좋은 일이라도 생긴 것일까?

반대다.

수일 전 신무림맹에 한 명의 귀빈이 방문했다. 천하 검객들의 우상이라 불리는 삼검호의 수장이자 창룡검가의 노가주인 승천검군 남궁황이 은거를 깨고 무림에 다시 나선 것이다.

당연히 당무양은 맹주의 신분으로 평생 원수보다 더욱 미워하던 남궁황을 맞았다. 아주 반갑게 맞았다. 수십 년 지기라도 되는 것처럼 말이다.

더군다나 남궁황은 혼자 온 것이 아니었다.

창룡검가의 최정예라 불리는 창룡무상검대(蒼龍無上劍隊)
와 친히 가르친 직계제자 다섯 명을 대동했다. 가히 창룡검가
의 전력 중 오 할 이상을 데려온 것이나 다름없었다.

뿐만 아니다.

그의 등장에 팔대세가 중 세 가문이 신무림맹에 참여를 선
언했고, 상당한 전력을 보내오기까지 했다. 아주 노골적인 편
가르기와 압박이 시작된 것이라 할 수 있겠다.

설상가상이랄까?

어느새 문상 신기묘산 모용초연은 남궁황의 곁에 찰싹 달
라붙어 있었다. 마치 그가 이미 차대 무림맹 맹주 직위에 오
른 것처럼 아주 치성으로 받들었다. 여태까지 빠르게 진행시
키고 있던 십수살 당준과의 혼사는 완전히 뒷전으로 미룬 채
말이다.

'못된년! 구미호 같은 년! 아니, 그 구미호가 언니 할 년 같
으니라구!'

당무양은 활기차게 정무를 보면서 내심 계속 욕을 해댔다.
한껏 온화해지고 환해진 표정과는 완전히 반대나. 아주 속이
시커멓게 썩어 들어가고 있었다.

당연하다.

중경에 꾸며진 신무림맹의 모든 정무를 실질적으로 맡고
있는 건 다름 아닌 모용초연이었다. 맹주인 당무양이 하는 일
은 그녀가 봉황전의 모사들과 함께 만들어낸 계획을 제가해

주고 잠깐 몇 가지 어깃장을 놓는 게 전부였다. 여태까지 쭈욱 그리해 왔다.

신무림맹에 깃든 구정회의 입김!

상상 이상으로 짙고 무겁다. 그 전위에 서 있는 게 모용초연이었고 말이다.

그래서 당준과의 혼사를 성사시키려 했다.

그녀를 자신의 편으로 확실하게 돌려놓아야만 수월하게 신무림맹을 장악할 수 있다는 판단이었다. 그리고 그리되면 바로 북경으로 곤왕 유대유를 구하러 달려갈 작정이었다. 그런 생각으로 머릿속이 꽉 차 있었다.

남궁황의 등장으로 모든 게 틀어졌다.

그가 잔뜩 데려온 세력으로 인해 신무림맹에 이상한 바람이 불기 시작한 걸 결코 용납할 수 없었기 때문이다. 자존심상 그리할 수 없었다. 다른 누구도 아닌 평생의 맞수인 남궁황에게 신무림맹을 넘기고 싶지 않았다.

그 같은 내심의 꿍얼거림과 함께 당무양이 그동안 잔뜩 미뤄뒀던 정무를 처리하는 데 여념이 없을 때였다. 한동안 남궁황에게 달라붙어 천무각 쪽엔 발걸음도 하지 않던 모용초연이 여전히 손에 부들부채를 든 채 모습을 드러냈다.

탁!

당무양이 자신도 모르게 탁자를 손바닥으로 내려쳤다. 내공을 주입하지 않았기에 부서지진 않았으나 어느새 시커멓게 손도장이 찍혀 있다. 귀염독화공이 자연스레 일어나 무형지 독을 방출한 것이다.

사락!

모용초연이 부들부채로 얼굴을 가린 채 나직한 목소리로 말했다.

"절 독살시키시면 문제가 아주 커지지 않겠습니까?"

'이런!'

당무양이 얼른 귀염독화공을 거둬들였다. 아직 완벽하게 완성되지 않은 귀염독화공은 종종 심각한 부작용을 야기시키곤 한다.

모용초연이 그제야 부들부채를 얼굴에서 떼어냈다.

심각한 태도로 말했던 것과는 달리 여전히 백면의 피부는 꽤나 희고 부드럽다. 전혀 당무양의 귀염독화공의 영향을 받은 것 같지가 않다.

"오늘은 참 이상한 날입니다."

"이상한 날?"

"좋은 소식과 나쁜 소식이 거의 동시에 날아들었습니다. 어떤 걸 먼저 보고드릴까요?"

"나쁜 소식부터!"

짤막한 당무양의 명에 모용초연이 그럴 줄 알았다는 듯 얼른 보고했다.

"대리 점창파가 십 년 봉문을 선언했습니다. 장문인인 신웅검로는 한 팔이 잘렸다고 합니다."

"이렇게 빨리?"

"전날 보고드린 대로 현재 운남에는 대법대불왕의 포달랍궁 세력과 북혈단이 함께 포진해 있습니다. 점창파의 저력이 무시할 수 없는 수준이라곤 하나 봉문을 선언하지 않을 수 없었을 거라 사료됩니다."

"그렇다면 운남무림 전체가 저들한테 이미 넘어갔다고 봐야겠군?"

"당연합니다. 그리고 다음 차례는 사천이 될 테고요."

'흥! 이리되면 결국 대법대불왕과 내가 천하를 두고 싸워야만 하는 것인가?'

내심 나직이 코웃음을 친 당무양이 안색을 가볍게 굳힌 채 말했다.

"그럼 좋은 소식을 말해보게."

"북경에서 개왕 철담협개 방주님으로부터 낭보가 날아왔습니다."

"설마?"

"예상하신 대로입니다. 곤왕 유대유 대협은 무사히 북경을 벗어난 것 같습니다. 근래 북경 일대에서 꽤나 복잡한 내전이 벌어진 것 같으나 현재 정권을 장악한 연평 왕야나 대학사 엄숭은 본래 곤왕 유대유 대협의 지지자들입니다. 일단 그분에 대한 걱정은 덜어도 될 것 같습니다."

"좋아!"

당무양이 언제 안색을 굳혔냐는 듯 버럭 소리치며 파안대소를 터뜨렸다.

본래 그가 무림 동도와 동년배들의 질시를 무릅쓰고 억지로 신무림맹을 만든 건 오로지 곤왕 유대유의 부탁 때문이었다. 결코 노욕이 있어서가 아니었다.

그런데 일이 아주 우습게 됐다. 그의 목숨이 위태로운 걸 알면서도 허울 좋은 무림맹주란 직위에 매달려 제 마음대로 움직일 수 없게 된 까닭이었다.

마치 십 년 묵은 체증이 쑥 내려간 느낌이랄까?

갑자기 얼굴이 환하게 밝아진 당무양을 잠시 물끄러미 바라보고 있던 모용초연이 다시 입을 열었다.

"그래서 운남 쪽 방면으로 신무림맹의 정예 중 일부를 집결시켜야 할 것 같습니다. 북혈단의 중원 점조직이 아직도 기능을 상실치 않았다면 지금쯤 곤왕 유대유 대협에 관한 소식이 대법대불왕에게도 들어갔을 테니까요."

"당가의 전력과 함께 내가 가도록 하시!"

"그건 안 될 일입니다. 아직 신무림맹의 기틀은 완전히 잡히지 않은 상태입니다. 맹주님께서 갑자기 자리를 비우신다면 대전쟁이 벌어질 경우 후방 지원이 원활하게 이뤄지지 않을 수 있습니다."

"그건 자네가 해주면 되지 않겠는가? 어차피 구정회에서도 사태가 커지면 나설 수밖에 없을 테니까……."

"구정회에 대해선 언급하지 않는 게 좋을 것 같습니다. 고대마교나 대종교와 관련되지 않은 일에 구정회가 나서지 않는 건 아주 오래된 무림규약이니까요."

"하면 누굴 보내겠다는 건가?"

"남궁황 선배님이 적당할 것 같습니다. 마침 창룡검가의 최정예인 창룡무상검대와 직계제자를 다섯 명이나 데려오셨으니까 말입니다."

"설마 자네… 애초에 그런 생각을 하고 남궁황 늙은이를 이곳으로 부른 건가?"

"당연한 일이 아니겠습니까? 곧 저는 당가 사람이 됩니다. 아니, 고소 모용씨와 당가가 결합하는 것이지요. 그리되면 신무림맹과 구정회는 아주 강력한 끈으로 연결되게 될 터이고 말입니다."

"허!"

당무양이 자신도 모르게 나직이 혀를 찼다.

딴은 그렇다.

본래 그 역시 모용초연과 당준의 혼사를 진행시키며 그 같은 염두를 하고 있었다. 대대로 구정회의 군사 역할을 맡고 있는 고소 모용씨와 당가의 결합은 결코 마다할 일이 아니란 판단이었다.

다만 그는 여전히 후일 맹주 직위를 의제인 유대유에게 넘길 생각을 하고 있었다. 이렇게 노골적으로 구정회와 결탁하는 것 같은 모양새는 원치 않았다. 후일 반드시 문제가 될 게 분명하기 때문이다.

더군다나 그를 더욱 걱정시키는 게 있다.

바로 눈앞에 서서 전혀 내심을 내보이지 않고 있는 모용초연이었다. 그녀가 당가와 고소 모용씨를 적극적으로 엮는 과정에서 상당히 무서운 짓을 벌일 수도 있다는 생각이 들었다. 그게 무엇인지는 아직 잘 모르겠지만 말이다.

'하지만 지금 이 제안을 거절할 만한 이유를 찾기란 어렵지 않은가? 무엇보다 내 앞에서 곧 맹주라도 될 것처럼 거들먹거리던 남궁 늙은이를 걱정해 주고 싶은 생각도 없고 말야!'

남궁황과 당무양.

사실 딱히 원한이 있는 건 아니다. 평생에 걸쳐 몇 차례 만난 게 전부였고, 제대로 된 비무조차 벌인 적이 없었다. 각기 삼대검객과 오패군의 수장인데다 연배 역시 비슷했기에 천하인들로부터 은연중 비교가 되었을 뿐이다.

하지만 두 사람은 모두 팔대세가에 속해 있었다.

각자 각 가문의 명운을 쥐고 있는 처지에 비무조차 쉽사리 치를 수는 없었다. 단지 내심 상대방의 무위를 자신과 견줘볼 수 있을 따름이었다.

그렇다 해도 당무양은 남궁황이 싫었다. 그가 자신이 신공

을 연성하기 위해 폐관수련에 들어간 사이 팔대세가 제일의
고수로 공인받았기 때문이다.

─비겁하고 염치없는 놈!

남궁황에 대해 당무양이 내린 판단이었다.

내심 금분세수를 번복하고 무림에 복귀한 남궁황에 대해
잠시 생각을 정리한 당무양이 문득 고개를 끄덕여 보였다. 결
국 모용초연의 뜻이 다시 관철된 것이다.

사락!

문득 드물게도 입가에 미소를 매단 모용초연이 부들부채
를 살랑이며 정중하게 고개를 숙여 보였다.

"그럼 준비했던 대로 일을 처리하도록 하겠습니다."

"혼사는 어쩌려는가?"

"잠시 미루도록 하지요. 포달랍궁과 북혈단의 중원 침공을
막아내고 치러도 되지 않겠습니까? 맹주님의 승전보와 함께
요."

"커험, 험!"

당무양이 연달아 헛기침을 터뜨려 보였다. 그녀의 말이 그
리 싫지 않았기 때문이다.

＊　　　＊　　　＊

남궁수는 급히 조성된 신무림맹 내의 전각 사이를 천천히 거닐고 있었다.

사흘쯤 되었을까?

창룡검가로 돌아와 약해진 손목 단련과 함께 엽자건이 전수해 준 세수경을 참오한 끝에 그녀는 조부 남궁황을 찾았다. 그의 앞에서 구유한백신공과 창룡육격참을 펼쳐 보임으로써 무공의 대성을 인증받기 위함이었다.

결과는 예상을 훨씬 상회했다. 대성공이었다.

그녀의 완성된 구유한백신공과 창룡육격참을 본 남궁황은 은퇴를 번복하고 사천의 신무림맹으로 향했다. 창룡검가 무학의 확실한 후계자가 생겼으니 안심하고 그동안 미뤄뒀던 일을 마무리 지으려 한 것이다.

'하지만 어째서 조부님께서는 창룡무상검대와 숙부님들까지 대동하신 건지 모르겠구나. 은퇴를 번복하고 무림에 복귀하신 건 그렇다 치더라도 말야.'

창룡무상검대는 누구나 인정하는 창룡검가 최강의 무력 집단이었다. 개개인이 일류고수 급의 무위를 지닌데다 창룡검가가 자랑하는 창룡무상검진(蒼龍無上劍陣)을 완벽에 가깝게 연성하고 있는 까닭이었다.

더군다나 남궁황은 남궁수를 비롯해 자신이 친히 가르침을 주고 있던 가문의 절정검객들을 다섯이나 대동했다. 하나 하나가 범상치 않은 수준의 무위를 지녔으니, 위세의 당당함이 이미 신무림맹 전체를 떠들썩하게 만들고 있었다.

어쨌든 그런 정치적인 부분은 남궁수의 관심을 그리 오랫동안 자극하지 못했다. 어차피 자신과는 아예 관련이 없는 일이라 여겼다.

그녀는 곧 다른 생각에 빠졌다.

'그보다 어떻게든 이유를 들어서 북경으로 떠나가야 할 터인데, 좋은 생각이 나지 않으니 걱정이구나. 아직 절강성에 주둔해 있는 천룡영웅대가 복귀하지도 않은 상태에서 조부님께 말을 꺼내기도 어렵고… 응?'

문득 남궁수의 추수 같은 두 눈에 이채가 어렸다.

근래 그녀의 무위는 초절정의 경지인 화경 초입에 들어선 상태였다. 혼자만의 생각에 빠져 있었다 하나 주변의 환경 변화를 아주 빨리 감지해 냈다.

저 멀리 꽤 낯이 익은 한 사내의 모습이 보인다. 현재 신무림맹의 경비를 맡고 있는 철혈협영대의 대주인 십수살 당준이었다.

그는 모습을 드러내자마자 순식간에 남궁수에게 다가왔다. 역시 천하의 십삼성의 일좌답게 신법의 속도가 놀랍다. 어쩌면 남궁수를 빨리 만나기 위해 속도를 올린 것일지도 모르겠지만 말이다.

"하핫, 어디 갔나 했더니, 여기 있었군."

"당 대주님!"

"그냥 선배라 해라. 오라버니나 가가면 더 좋고."

"예?"

"아무것도 아니야."

당준이 얼른 손사래를 치며 낯을 가볍게 붉혔다. 자신도 모르게 본심이 튀어나왔다. 신분이나 배분의 차이가 있음에도 불구하고.

남궁수는 그리 개의치 않았다.

본래 엽자건과 관계된 일이 아니면 언제나 그러하듯 위에서 아래로 흘러내리는 계류처럼 대충 흘려 버린 거다. 사내의 이런 농에 대응하는 그녀만의 방법이었다.

당준이 나직이 헛기침을 터뜨렸다.

"어험, 험! 그런데 내 한 가지 질문해도 되겠나?"

"하시지요."

"이번에 남궁 노선배님과 함께 떠날 건가?"

"예? 조부님께서 무림맹을 떠나시기로 하신 건가요?"

"엇?"

당준의 얼굴에 난처한 기색이 떠올랐다.

남궁황과 그가 데려온 창룡무상검대가 곧 무림맹을 떠나가는 건 극비에 속하는 일이었다. 그 목적이 근래 운남무림을 장악한 포달랍궁과 북혈단의 연합 세력의 사천 침공을 일차적으로 저지하는 것이었기 때문이다.

당연히 쉽사리 밖으로 소문이 나서는 안 된다.

큰일이다.

얼른 주변을 둘러본 당준이 어색한 표정으로 말했다.

"이거 곤란하게 됐군. 본래 나는 자네가 이번 일에 대해서 이미 알고 있을 거라 생각했는데……."

"말씀하시기 곤란한 일이면 됐습니다. 저는 못 들은 걸로 할 테니, 더 이상 언급하지 마십시오. 또한……."

"또한?"

"…또한 저는 천룡영웅대에 속한 몸입니다. 비록 임무 중 부상으로 인해 동료들과 헤어졌지만, 곧 천룡영웅대와 합류할 것입니다. 그러기 위해 무림맹으로 온 것이고요."

"그렇다는 건 남궁 노선배님과 향후 함께 움직이진 않는다는 뜻이로군?"

"물론입니다."

"하핫!"

당준이 다시 웃음을 터뜨렸다. 처음에 남궁수와 만났을 때 보였던 것과 그리 달라지지 않았다. 마음속의 기쁨이 자연스레 밖으로 드러난 것이기 때문이다.

그리 오래가진 않았다.

갑자기 그의 희희낙락하던 안색이 가볍게 굳었다. 그가 걸어온 방면에서 한 명의 여인이 부들부채를 살랑이며 걸어오는 광경을 발견한 것과 동시의 일이다.

'그녀가 어째서 갑자기 이런 곳에 온 거지?'

'저분은……'

거의 동시에 당준과 남궁수의 시선을 받은 모용초연이 수중의 부들부채를 내려뜨리곤 입가에 미소를 담았다.

"여기 계셨군요."

당준이 떨떠름한 표정으로 고개를 끄덕여 보였다.

"모용 문상, 어쩐 일이시오. 이런 시간에 봉황전을 벗어나는 건 처음 보는 것 같소만?"

"확실히 근래 제게는 시간이 그리 많지 않아요. 하지만 곧 혼인할 분을 만나는 시간까지 아낄 만큼은 아니라고 생각해요."

"쿨럭!"

당준이 기침을 토해냈다. 사레가 들린 듯하다.

모용초연은 개의치 않았다.

그녀는 여전한 표정을 유지한 채 당준에게 다가가 꽃무늬가 수놓인 손수건을 건넸다. 누가 보더라도 정인을 대하는 여인나운 세심한 모습이다.

"고, 고맙소."

당준이 떨떠름한 표정으로 손수건을 받아 입 주변을 닦았다. 은연중 남궁수를 살피는 눈빛이 꽤나 애잔하다. 내심 큰 기대를 품고 그녀를 찾아왔다가 완전히 똥 밟은 격이 되어버린 까닭이다.

그러나 남궁수는 냉정했다.

애초에 당준에게 어떤 관심도 없던 그녀는 그와 모용초연에게 정중하게 고개를 숙여 보였다.

"그럼 저는 이만."

"잠시만!"

얼른 자리를 피하려는 남궁수를 모용초연이 붙잡았다. 여전히 표정을 읽을 수 없는 표정이나 눈매가 살짝 가늘어져 있다.

"모용 문상께서는 무슨 하명하실 일이 있는지요?"

"공무가 아니면 나와 대화를 나눌 일은 없다는 뜻인가요?"

"그런 건 아닙니다만⋯⋯."

"공무예요, 천룡영웅대와 천룡위주에 관한."

"말씀하시지요."

"이곳은 좀 그렇고, 나와 봉황전으로 가도록 하죠."

"그러죠."

남궁수의 대답에 모용초연이 입가에 가느다란 미소를 만들어냈다.

당황스러워진 건 당준이었다.

'저 무서운 여자가 남궁 소저는 왜 보려는 거지? 혹시 몰래 죽여서 땅속에 파묻어 버리려고 하는 건가? 나하고 바람을 피웠다고⋯⋯.'

가능한 일이다.

여태까지 당준이 지켜봐 온 모용초연이라면 충분히 그런 일을 저지를 수 있을 터였다, 표정 한 번 변하지 않고서.

그때다. 당준의 귓전으로 모용초연의 무심한 전음이 흘러들었다.

[중경에는 본래 미인이 많다고 들었습니다. 예쁜 여인이 그립다면 기루를 찾는 게 좋을 겁니다.]

'기, 기루……'

다시 당준이 기침을 터뜨렸다. 사레가 들려서가 아님은 누구라도 알 수 있는 일이었다.

봉황전.

모용초연과 남궁수는 운남의 특산인 보이차를 따라 마시며 잠시 침묵을 즐겼다.

주인이 침묵하니 객 역시 그럴 수밖에 없다.

남궁수는 보이차의 무미(無味)함에 아미를 살짝 찡그려 보였다. 이런 향기조차 없는 차를 무슨 맛으로 즐겨 마시는지 당최 이해가 가지 않아서였다.

그 같은 내심을 간파한 것일까?

다구를 들어 보이차를 한 모금 입에 머금은 모용초연이 슬쩍 미소 지었다.

"보이차는 미용에 아주 좋아요."

"그렇군요……."

남궁수는 건성으로 대꾸한 후 다구를 바닥에 내려놨다. 역시 입맛에 맞지 않아서였다.

　탁!

　역시 다구를 탁자 위에 내려놓은 모용초연이 침묵을 깬 김에 곧바로 본론에 들어갔다.

　"강남에 불세출의 명장이 나타난 것 같더군요."

　'척계광 장군……'

　"그래서 곧 천룡영웅대가 돌아올 거예요. 나는 남궁 조장이 그들을 이끌어줬으면 해요."

　"천룡위주님께서 계십니다만?"

　"엽 무상은 한동안 사천으로 돌아오지 못할 것 같아요. 어쩌면 아예 무림에 복귀하지 못하게 될지도 모르겠고."

　"그게 무슨……"

　"근래 북경에서 연평 왕야를 구출하는 대공을 세운 모양이더군요. 그래서 연평 왕야의 의제가 되었으니, 무림을 버리고 육선문에 투신할 수도 있지 않겠어요? 들려오는 말로는 연평 왕야가 자신의 딸 중 하나를 줘서 부마도위로 삼으려 한다고도 하더군요."

　"……"

　남궁수는 문득 가슴 한구석이 찡 하고 울리는 걸 느꼈다.

　자고 때문이 아니다.

　그냥 가슴이 답답해지고 숨이 가빠왔다. 마음이 크게 흔들려 버린 것이다.

모용초연의 말이 이어졌다.

"그러니 일단 엽 무상은 전력 외로 두려 해요. 차석이라 할 수 있는 남궁 조장이 천룡영웅대를 이끌어야 하는 건 바로 그 때문이고요. 따르시겠나요?"

"예, 그리하죠. 단!"

"단?"

"천룡위주님께서 돌아오실 때까지만입니다."

"물론이에요."

모용초연이 대답과 함께 입가의 미소를 조금 더 짙게 만들었다. 남궁수에게서 원하던 걸 제대로 얻어낸 까닭이었다.

第八十二章

부마도위(駙馬都尉)

少林
棍王
소림곤왕

북경.

석 달 전까지 병부와 오군도독부의 수만 군대가 살기를 뿜
어내고 있던 거리는 근래 꽤나 한산해졌다.

내전의 느닷없는 종식 후 일반적인 민초들이야 알 길이 없
는 사정에 의해 북경의 정치계는 빠른 변화를 겪었다.

수많은 사람들이 숙청을 당하고 권력이 재배치되고, 만인
의 부러움을 사는 벼락 출세가 있었다. 어떤 것이든 민초들이
고통받는 혼란기에나 일어날 수 있는 일들이었다.

연평왕부.

아침 일찍 내원의 가장 깊은 곳에 위치한 와룡부(臥龍府)에서는 작은 소란이 일어나고 있었다. 근래 당금 권력의 핵심으로 떠오른 연평왕 주정이 평상시 정무를 보는 곳임을 감안하면 아주 의아로운 상황이라 할 수 있겠다.

"아, 글쎄, 저는 그런 거 하기 싫다니까요!"

"어허, 이 사람아! 자꾸 그리 고집을 부리면 우형이 무척 섭섭하다네!"

"금란결의도 싫다는 사람을 억지로 하게 만들더니, 이젠 부마도위를 하라고 하시니 그러죠!"

"예쁘다니까 그러네! 내 딸이라서 하는 소리가 아니라 눈에 넣어도 아프지 않을 만큼 예쁜 아이야!"

'제길! 눈에 넣어도 아프지 않을 만큼 예쁜 아이란 말은 대부분의 팔푼이 아비들이 하는 소리잖아!'

내심 울컥하여 버럭 소리를 지른 엽자건이 얼른 호흡을 가다듬었다. 싫어도 그래야만 했다. 지금 그의 눈앞에서 열심히 설득하고 있는 사람이 다름 아닌 당대의 권력자 연평왕이었기 때문이다.

"물론 왕야의 따님이시니 천향국색에 폐월수화인 미녀겠지요. 분명 그럴 겁니다."

"아무렴!"

"하지만 그 따님의 나이가 이제 열셋이라면서요?"

"꽃다운 나이지."

"꽃다운 나이가 아니라 어린 나이죠!"

"내 첫 번째 부인이 그 나이에 시집을 왔다네. 충분히 아이를 낳을 수 있고 남편을 봉양할 수 있는 나이라네. 그러니 얼굴이라도 보게나. 자네가 그 아이의 어여쁜 얼굴을 보고도 마음이 내키지 않는다면 더 이상 권하지 않을 테니까 말일세."

"그래도 안 되겠습니다. 저는 불문인 소림사의 제자입니다. 불도를 닦는 몸으로 어찌 사사로이 처를 얻을 수 있겠습니까? 그런 일을 한다면 부처님께서 노하셔서 큰일이 납니다. 그러니……."

"소림사에는 내 근일간 사람을 보내겠네. 장문 방장인 불성 종아 선사의 허락을 받으면 되는 것 아닌가? 내 알기로 그는 불문에 속한 사람치곤 꽤 말이 잘 통한다더군."

"으……."

엽자건의 입에서 신음에 가까운 소리가 흘러나왔다.

불성 종아 선사!

비전비승을 숭상하는 그는 전에도 후금의 침략을 하남성의 도지휘사사를 이용해 격퇴시킨 바 있었다. 말은 번드르르하나 세속의 때가 덕지덕지 묻은 사람이었다.

당연히 그가 당금 최고의 권력자로 떠오른 연평왕의 부탁을 거절할 리 없다. 어쩌면 내심 속가제자 엽자건을 팔아넘겨 잇속을 제대로 챙기려 들지도 모른다. 사부 보종을 한 손에 틀어잡고서 말이다.

'망할!'

결국 내심 욕설을 내뱉은 엽자건이 힘없이 고개를 주억거렸다. 그냥 어린애 얼굴 한번 보는 것뿐이란 말로 자기 합리화에 들어간 것이다.

와룡부를 벗어난 지 얼마나 지났을까?

여유있는 걸음으로 내원을 빠져나오던 엽자건의 눈에 갑자기 이채가 어렸다.

뒤통수, 묘하게 근질거린다.

쉽사리 기척을 간파해 낼 수 없긴 하나 대충 누가 자신을 빤히 지켜보고 있는지쯤을 알 수 있겠다.

긁적!

손으로 뒤통수를 한차례 긁어 보인 엽자건이 북쪽을 손가락으로 가리키며 중얼거렸다.

"굳이 은신술을 펼칠 필요는 없거든, 특히 내 앞에서는 말야."

"죄송합니다, 주인."

엽자건의 손가락이 가리킨 방향에 존재하던 평범한 공간이 일순 기묘한 일렁거림을 만들어냈다. 바로 귀살인도의 환마술의 특징이다.

슥!

순간적으로 자신 앞에 모습을 드러낸 환월을 향해 엽자건이 한차례 고개를 가로저어 보였다. 그녀의 환마술이 근래 들어 꽤나 진보했음을 눈치챈 까닭이다.

'몸을 가볍게 벌모세수해 준 것만으로 이리 신속한 진보를 보이다니, 이 녀석도 아주 훌륭한 괴물이란 말씀이야!'

상이라고 할까?

엽자건은 연평왕 구출 작전에 큰 공을 세운 환월에게 몇 가지 무공을 전수해 주고 기경팔맥의 탁기를 제거해 줬다. 앞으로 계속 싸워 나가야 할 상대들이 여태까지완 비교조차 하지 못할 만큼 강적일 수 있다는 판단하에 내린 결정이었다.

또 하나 있다.

그는 완전히 환월을 자신의 사람으로 인정하기로 했다. 유사시 목숨을 맡겨도 괜찮을 정도로 말이다.

그 같은 생각을 빨리 끝낸 엽자건이 짐짓 엄한 표정을 지어 보였다.

"언제부터 따라붙은 거지?"

"와룡부에 들어가실 때부터입니다."

"허!"

엽자건이 나직이 혀를 찼다.

이건 진보가 너무 빠르다. 예상을 훨씬 뛰어넘는다.

그가 환월의 기척을 눈치챈 건 와룡부를 나와 내원 밖으로 걸음을 옮기면서부터였다. 비록 연평왕의 말도 안 되는 요구에 심적인 타격을 아주 심하게 받았긴 하나 현재의 무위로 볼 때 믿기 힘든 결과였다.

"얼마나 떨어져서 따라붙었지?"

"백 장입니다."

"그러다 내가 내원을 벗어나려 하자 삼십 장 안쪽으로 다가든 거고?"

"그렇습니다."

환월의 대답에 엽자건이 천천히 고개를 끄덕여 보였다. 그녀의 현 환마류 수준을 대충 짐작한 까닭이다.

슬슬!

문득 엽자건이 손을 내밀어 환월의 머리를 쓰다듬었다. 칭찬이었다.

"아주 많이 노력했구나. 훌륭하다."

"가, 감사합니다."

환월의 하얀 얼굴이 살짝 붉어졌다. 종종 엽자건에게 받는 쓰다듬이야말로 그녀의 가장 큰 기쁨이었다.

잠시뿐이었다.

그녀가 곧 안색을 굳히고 엽자건을 바라봤다. 푸른 바다를 연상시키는 눈동자의 푸른 기가 햇빛에 반짝인다.

"주인, 권력이 좋은 건가요?"

"뭐?"

"권력을 탐해 연평왕부의 사위가 될 작정이신지 저는 궁금합니다."

'인석, 어떻게 말을 배운 건지……'

묘하게 직설적인 환월의 말에 내심 인상을 써 보인 엽자건이 심술궂은 표정을 지어 보였다. 한쪽 입술꼬리가 슬며시 위로 치켜올라가 있다.

"누가 권력을 좋아하지 않겠느냐?"

"본래 사내란 젊으면 돈과 여자를 밝히고 늙으면 권력을 탐한다고 들었습니다."

"그래서?"

"주인은 젊습니다!"

"내가 돈과 여자를 밝힌다는 거냐?"

"그, 그런 건 아닙니다만… 주인은 가슴 큰 여자를 좋아하잖아요!"

"잘 아네. 그러니 열세 살짜리 어린애 따윈 관심없다. 권력을 좋아하지만 왕부의 부마도위 역시 되고 싶지 않고."

"그, 그렇습니까?"

"그래."

엽자건이 고개를 끄덕여 보이자 환월의 얼굴이 환하게 변했다. 방금 전까지의 진지함이 단숨에 날아가 버린 모습이었다.

따악!

그녀의 이마를 손가락으로 튕긴 엽자건이 입가의 미소를 지웠다.

"인석, 그럼 하던 대로 이만 철담협개 선배님한테나 가봐! 그 어르신에게서 빨아먹을 수 있을 만큼 빨아먹고, 내가 원하는 정보를 알아오는 거야!"

"예!"

환월이 여전히 환한 표정을 유지한 채 복명과 함께 자취를 감췄다. 처음 모습을 드러냈을 때와 마찬가지로 순식간에 그리했다.

잠시 그녀가 존재했던 방향에 시선을 던지고 있던 엽자건의 눈에 문득 어울리지 않는 우수가 깃들었다. 결코 남 앞에서는 드러내지 않는 초조함, 그리움이었다.

'요진, 어째서 너를 찾아가는 길이 이리 멀어지는지 모르겠구나! 너에게 다가가려 하면 할수록 멀어지기만 하니 말이다…….'

철담협개는 운명이라 했다.

엽자건은 그런 말은 개소리라 했다. 그런 것 따윈 절대 믿지 않는다고.

요즈음은 문득문득 그런 생각이 들었다.

물처럼 다가와 가슴속 한켠을 차지해 버린 남궁수란 존재가 그를 그리 만들었다. 감요진에게만 향해 있던 마음을 크게 뒤흔들어 놨다.

하지만 엽자건은 여전히 운명을 거부했다.

굴복할 수 없었다. 그런 것 따윈 자신의 힘으로 부숴 버릴 수 있다고 여겼다. 사부 보종의 죽음을 결국 막아낸 것과 같이 말이다.

그래서 그는 북경에서의 일이 해결되자마자 포달랍궁을 향해 떠나려 했다. 더 이상 철담협개의 힘을 빌리지 않고 직접 서장으로 감요진을 찾아가서 결자해지를 하려 했다. 그러지 않고서는 근래 남궁수 때문에 흔들려 버린 마음의 파도를 해결할 수 없을 것 같았다.

그러나 이번에도 철담협개가 그의 발걸음을 잡아끌었다.

그는 대법대불왕이 포달랍궁과 북혈단의 세력을 통합해 이미 운남무림을 장악했다는 사실을 전하며 엽자건을 꼬셨다. 연평왕과 의형제가 되었으니 적당히 그를 움직여서 사천 쪽으로 군세를 강화시키라고 말이다.

철담협개가 원하는 바는 대법대불왕과의 강화였다.

하긴 곤왕 유대유가 행방불명된 중원에서 현재 대법대불왕을 상대할 수 있는 강자는 존재하지 않았다. 굳이 손꼽자면 삼기나 현 무림맹주인 독존 당무양과 삼대검객의 수장인 승천검군 남궁황 정도랄까?

그들 역시 혼자서는 감당키가 어려울 터였다. 대법대불왕은 서장의 대종사일뿐더러 무수히 많은 사공이학의 대가였기 때문이다.

본래 이기지 않는 싸움은 하지 않는 엽자건이다.

그는 철담협개의 의중을 간파한 후 곧 그의 의견에 따르기로 했다. 대법대불왕의 제자인 감요진과의 관계를 생각해 볼 때 전쟁보다는 강화가 가장 이상적인 방법일 거라 여긴 것이다.

'그게 쉽지가 않단 말씀이야. 연평 왕야는 생각했던 것보다 훨씬 능구렁이니까 말야…….'

삽시간에 황권을 장악한 사람이 연평왕이다.

순진한 사람일 리 만무하다. 속이 아주 시커멓다.

그는 엽자건에게 이것저것을 시키면서도 군사를 사천으로 보내는 걸 차일피일 미뤘다. 북방과 북경 일대가 아직 안정되지 않았다는 말을 반복하면서 말이다.

생각을 거듭하며 내심 고개를 가로젓고 있던 엽자건의 표정이 문득 바뀌었다.

방향성을 잃은 채 흔들리고 있던 시선 역시 마찬가지다.

그는 어느새 와룡부와는 조금 거리가 떨어진 화려한 전각 쪽에서 모습을 드러낸 송지하를 바라보고 있었다.

평상시와 달리 다소 흐트러진 옷차림!

여인이 무색할 만큼 기다란 장발 역시 마찬가지다.

문득 태연자약한 송지하의 표정 속에서 약간의 피로감을 간파해 낸 엽자건이 눈살을 찌푸려 보였다.

'이놈이나 저놈이나…….'

내심 한숨을 내쉰 엽자건이 송지하를 외면한 채 외원으로
향했다. 신법을 펼치지 않았음에도 걸음이 아주 빠르다. 지금
은 그와 절대 마주치고 싶지 않다는 마음의 반영이었음은 물
론이었다.

"엽 대형!"
애절한 송지하의 부름에 엽자건이 걸음을 멈춘 건 내원뿐
아니라 연평왕부 자체를 완전히 벗어나고도 한참이 지나서였
다.
양 갈래로 갈라지는 골목길.
한때 낭인이나 무인들로 득시글거리던 이곳은 납치됐던
연평왕이 돌아온 후 인적이 거의 끊겨 버렸다. 연평왕부에서
더 이상 사람을 뽑지 않은데다 내전의 뒤처리로 북경 일대가
꽤나 오랫동안 떠들썩했던 여파다.
"언제부터야?"
"뭘 말하시는 건지……."
"왕부 내원에 마수를 뻗은 거 말야!"
"…마수라니, 표현이 마음에 들지 않습니다."
"표현이 마음에 들지 않아?"
"그렇습니다. 기왕이면 외로움에 지친 꽃을 달래주고 위로
해 주는 성스런 작업이라고……."
"됐고!"

잡극의 대사 중 한 대목을 구구절절하게 늘어놓으려는 송지하의 입을 급하게 틀어막은 엽자건이 고개를 옆으로 까닥였다. 한쪽 방향을 가리킨 것이다.

"한잔 꺾으러 갈까?"

"혼인 축하주를 미리 사시려는 겁니까?"

"죽는다!"

엽자건이 주먹을 들어 보이자 송지하가 피식피식 웃으며 뒤로 몇 걸음 물러섰다. 그래도 여전히 얼굴에는 놀리는 기운이 가득하다.

'이걸 진짜 죽여서 파묻어 버릴까?'

잠시 고민 어린 표정을 지어 보인 엽자건이 갑자기 천살지기를 무형지기에 실어 송지하에게 날려보냈다. 그의 얼굴에 깃든 웃음기를 지워 버리기 위함이었다.

성공이었다.

일순 송지하의 안색이 흙빛이 되었고, 그 짧은 틈을 놓치지 않고 엽자건의 주먹이 파고들었다.

"쿠헉!"

단숨에 허리가 꺾여 버린 송지하의 어깨를 엽자건이 만족스런 표정으로 두드려 줬다. 이제 더 이상 자신을 놀리지 못할 것을 확신한 까닭이다.

"근데 말야, 설마 군주들한테까지 마수를 뻗친 건 아닐 테지?"

"허억, 헉… 본래 피지도 못한 꽃봉오리에는 관심이 없는 사람입니다. 근데 어떻게 때렸기에 이리 아픈 겁니까?"

"아파?"

"죽을 것 같습니다!"

"잘됐군. 더 이상 입을 함부로 놀리지 못할 테니 말야."

"……"

송지하가 입을 다문 채 엽자건을 노려봤다. 아주 반항적인 눈빛이다.

퍽!

그래서 그는 한 대 더 얻어맞았다. 특별히 무형곤을 이루는 무형지기가 담뿍 담긴 주먹에.

*   *   *

"푸헐! 잘한다! 잘해!"

철담협개의 입에서 연달아 칭찬의 말이 터져 나왔다. 방금 전 사신의 소맷자락에 세 개나 되는 구멍을 뚫어놓은 수라표 공격에 대한 솔직한 반응이었다.

반면 그와 그리 멀리 떨어지지 않은 곳에 청룡도를 내려뜨리고 있는 천살마도 이염의 표정은 시커멓게 변해 있었다. 어깨와 다리 쪽에서 조금씩 핏물이 흘러내리고 있는 게 이미 적지 않은 부상을 당한 듯하다.

"으득!"

어금니를 악문 이염이 살기를 있는 대로 뿜어냈다. 부친인 철담협개와 달리 방금 전의 수라표 공격을 전혀 방어해 내지 못한 게 몹시도 분했다.

'환월, 이 귀신같은 계집년! 어떻게 이리 갑자기 무공이 늘어난 게지?'

내심 마구 화를 내면서도 이염은 함부로 움직이지 못했다.

방금 전 날아든 수라표의 궤적은 상상을 초월했다. 수중의 청룡도로 튕겨낼 엄두조차 내지 못해 다급하게 호신강기를 일으켜야만 했을 정도다.

게다가 여전히 환마류의 은신술과 암격술을 동시에 구사하고 있는 환월의 위치는 파악조차 못하고 있었다. 여전히 여유가 넘치는 눈앞의 철담협개와는 사정이 완전히 달랐다.

그래도 달리 이대도객이 아니다.

호신강기를 뚫고 들어온 수라표가 일순 이염의 몸에서 튕겨져 나왔고, 지혈 역시 신속하게 이뤄졌다. 그의 내공력이 얼마나 막강한지를 가늠케 하는 모습이다.

그 모습을 본 철담협개가 나직이 혀를 찼다.

"쯔쯧, 칼잡이란 녀석이 좋은 칼은 안 쓰고 뭐 하는 짓이누?"

'자기도 소매에 구멍이 뚫렸으면서!'

내심 버럭 소리를 지르던 이엽이 갑자기 인상을 와락 일그러뜨렸다.

슈르륵! 슈륵!

마치 기다렸다는 듯 날아든 수라표.

정확히 이엽의 미간과 목울대를 노린다, 그것도 시간차를 두고서.

차창!

이번에는 이엽의 청룡도가 빨랐다.

아래에서 위로 치켜올려진 청룡도가 맹렬한 도기를 일으킨 순간 두 개의 수라표가 불꽃과 함께 방향을 바꿨다. 찰나간 만에 이뤄진 일이다.

착각이었다.

이엽의 청룡도가 내쳐진 것과 함께 그의 굵직한 허벅지에 저릿한 통증이 밀려들었다. 시작이었다.

퍽! 퍼퍼퍼퍽!

허벅지에서 시작된 통증이 곧바로 허리께로 선이뇌더니, 곧 흉부와 목울대로 급격히 퍼져 나갔다.

"컥!"

이엽의 입이 크게 벌어졌다. 청룡도를 쥔 손 역시 부르르 떨림을 보인다. 순식간에 당한 연타에 호신강기를 일으킬 엄두조차 내지 못했다.

휘릭!

다음 순간 환월의 작은 몸이 이염의 등 뒤로 작은 공중제비와 함께 떨어져 내렸다.

회피다, 일순 바람보다 빠르게 배후를 찔러 들어온 철담협개의 타구봉을 피하기 위한.

물론 그것만으로 끝일 리 없다.

재빨리 고양이처럼 바닥에 착지한 환월이 곧바로 땅속으로 파고들어 갔다. 토둔술을 펼쳐 철담협개의 이어질 후속 공격을 피하려 한 것이다.

아니다. 착각이었다.

적어도 철담협개는 그리 생각하지 않았다.

일순 타구봉과 일체가 되어 순간적으로 공간을 가로질러 온 철담협개의 좌장이 가벼운 반원을 그려냈다.

항룡유회!

그다음은 노룡패미다.

연달아 특기인 강룡장의 절초를 펼쳐 낸 것이다. 환월이 토둔술을 벌인 곳이 아닌 이염의 등판을 향해서.

'날 죽일 작정이시오!'

이염이 대경해 재빨리 신형을 옆으로 날렸다. 언제 연타를 당하고 의식이 혼미했냐는 듯한 움직임이다. 신혼 초에 객사를 당하고 싶진 않았기 때문이다.

"으······."

변화는 아주 엉뚱한 곳에서 일어났다.

두 개의 장력이 연환되며 폭발적으로 확장된 강룡장에 환마류 은형술로 모습을 감추고 있던 환월이 걸려들었다. 천하에서 몇 손가락 안에 꼽히는 철담협개의 웅혼한 장력을 견뎌낼 만한 내력을 아직 쌓지 못한 까닭이었다.

슥!

그 순간 다시 타구봉을 날려 환월의 목덜미에 가져다 댄 철담협개가 누런 이를 드러내며 웃어 보였다.

"오늘은 여기까지구나!"

"…예."

환월이 대답과 함께 정중하게 고개를 숙여 보였다. 지난 석달간과 마찬가지로 이번 역시 철담협개의 벽을 뛰어넘는 데 실패한 것이다.

"아야야! 아프다! 아파!"

환월이 금창약을 상처 부위에 발라줄 때마다 이염은 인상을 박박 긁어 보였다.

진짜 아픈 곳은 수라표에 당한 상처가 아니다. 마음이다. 완전히 구겨진 자존심이었다.

문득 개다리 하나를 게걸스레 뜯어먹고 있던 철담협개가 한심하단 표정을 숨기지 않은 채 말했다.

"아무래도 안 되겠다. 염이, 너는 오늘부터 날 따라서 특별

수련을 받도록 하거라!"

"특별 수련이요?"

"그래. 네 녀석은 정파 무공의 기본이랄 수 있는 명상과 호흡의 일치를 간과한 채 일반적인 싸움에 지나치게 익숙해져 버렸다. 아마 어려서부터 싸움판이나 전쟁터를 전전하며 실전 무공을 연마한 때문일 테지."

"그거 좋은 거 아닙니까?"

"자건이 녀석의 수준까지 갔다면 그랬겠지. 하지만 네 녀석은 어중간한 데서 무공의 진보가 멈춰 버렸어."

"이대로는 더 이상의 무공 진보를 기대할 수 없다는 뜻입니까?"

"말귀는 잘 알아듣는구나."

철담협개의 냉정한 평가에 이염의 안색이 딱딱하게 굳어졌다.

여전히 편치 않은 부자지간이긴 하나 인정할 수밖에 없는 건 부친 철담협개가 천하의 무학 대종이란 것이다. 그의 평가를 허투루 흘려 넘길 수는 없었다.

"그럼 아버님께 특별 수련을 받으면 어찌 되는 겁니까?"

"조금쯤 더 나아질 수도 있을 게다. 아주 힘들겠지만 말이다."

"힘든 건 상관없습니다. 마음껏 굴려주십시오."

"푸헐!"

철담협개가 흐뭇한 마음에 파안대소했다. 환월의 수련을 돕던 중 뜻하지 않던 선물을 받았다는 생각이 든다.

그때 이염의 상처 치료를 끝마친 환월이 철담협개에게 정중하게 고개를 숙여 보였다. 사부를 대하는 제자나 다름없는 모습이다.

"그럼 오늘은 이만 물러가 보도록 하겠습니다."

"그래, 수고했구나. 아, 그리고 이걸 네 주인에게 전해주도록 하거라."

"예."

환월이 철담협개가 건네준 한 통의 서신을 공손히 받아 들곤 곧 모습을 감췄다.

금일의 수련이 끝났다.

주인인 엽자건에게 한시라도 빨리 돌아가야만 한다.

'허! 그 녀석, 정말 은신술 하나는 일품이로구나. 중원의 웬만한 무공은 갖다 대지도 못할 정도야.'

내심 혀를 찬 철담협개가 문득 입가에 사악한 미소를 매달았다.

"그럼 바로 시작해 볼까?"

"…벌써요?"

"특별 수련을 하기도 전에 반항하는 것이냐?"

"아, 아닙니다."

떨떠름한 대답과 함께 이염이 자리를 털고 일어났다. 문득 오싹한 기운이 등골을 스쳐 갔으나 그는 무시하기로 했다. 어차피 오랫동안 정체되어 있던 자신의 한계를 뛰어넘기 위해 허락한 일이다. 지독하면 지독할수록 좋았다. 엽자건에 이어 환월에게조차 무공을 추월당해 버린 참혹한 현실에서 벗어날 수만 있다면 말이다.

"준비되었습니다. 시작하십시오."

"오냐!"

철담협개가 평온한 대답과 함께 미리 운기해 놨던 강룡장을 이염의 단전을 향해 뿜어냈다.

우릉!

이염의 몸이 실 끊어진 연처럼 수 장 밖으로 날아갔다.

*　　　*　　　*

남빈로.

아직 초저녁이나 벌써부터 얼큰하게 취해 버린 취객의 모습이 몇 보인다. 다른 곳에서는 호객 역시 본격적으로 이뤄지고 있다. 어떻게든 호구나 봉을 잡기 위해 분주한 움직임을 보이고 있었다.

풍월루.

석 달 전까지만 해도 남빈로를 주름잡고 있던 독목혈랑 이

대취의 비호를 받고 있던 이곳은 완전히 달라져 있었다. 전날의 화재가 무색할 만큼 회복된 모습이기는 하나 루주 묘선랑도 없었고, 점소이나 숙수들 역시 완전히 새로운 얼굴들이었다.

엽자건이 풍성하게 차려진 눈앞의 술상을 눈으로 살핀 후 인상을 슬쩍 긁어 보였다.

"쯧! 고작 석 달 만에 이렇게 음식이나 술의 격이 떨어질 줄이야!"

"엽 대형, 이곳은 남빈로요. 술에 물이 조금 타져 있고, 안주에 들어가 있는 재료 역시 조금 시간이 지난 것 같지만 그냥 참으십시오."

"……."

얼마 떨어지지 않은 곳에서 바삐 움직이고 있던 점소이의 표정이 일순 움찔거렸다. 역시 찔리는 구석이 아주 많이 있는 모양이다.

송지하는 그다지 개의치 않았다. 전날 풍월루를 찾아왔을 때와는 완전히 사람이 변한 것 같다. 그는 그냥 물이 타진 술을 잔에 따라 즐거운 표정으로 마실 뿐이었다.

엽자건이 그 점을 놓치지 않고 지적했다.

"꽤나 즐거워 보이는군?"

송지하가 피식 웃어 보였다. 역시 얼굴에는 미소가 가득하다.

"왜 즐겁지 않겠습니까? 제가 엽 대형께 말했는진 모르겠지만 이곳 남빈로는 고향입니다. 제가 태어나고 자라고 잡극을 공연했었던."

"그래서 물이 타진 술맛에도 익숙하고?"

"물론입니다. 사실 물 탄 술이 취기도 빨리 오르지 않아 건강에 도움이 된답니다."

"그리고 술값도 더 들지, 빨리 취하지 않으니까 말야."

"하핫, 최소한 취객을 더욱 취하게 해서 전낭을 털지는 않지 않습니까?"

"그야 일차로 오는 이런 곳에서 끝까지 가는 인간은 없는 법이니까 그렇겠지."

"……."

다시 점소이가 움찔거렸다.

필경 아직 주류 업계에서의 경력이 일천한 게 분명하다.

송지하가 그런 점소이에게 손으로 휘이휘이 해 보였다. 그만 걱정하고 가서 일이나 보라는 뜻이다.

싱긋!

엽자건이 결국 참지 못하고 웃음을 입가에 매달았다. 송지하의 기분은 지금 꽤나 좋아 보인다. 굳이 더 이상 언급하고 싶은 생각이 들지 않는다.

그때 송지하의 입가에 짓궂은 기색이 떠올랐다.

"엽 대형, 부마도위가 되시더라도 절대 소제를 잊어버리시면 안 됩니다."

"쯧! 사내 녀석이 입도 헤프다. 베갯머리 송사로 얻어낸 말은 쉽게 입 밖으로 내는 게 아니다!"

"예쁘더군요."

"뭐?"

"예쁘다구요! 이번에 엽 대형의 신붓감이 될 처자 말입니다. 대충 상중 이상은 되는 것 같더이다. 물론 아직 나이가 어려서 꽃봉오리가 아직 영글지 않은 게 흠이긴 하지만요."

"……"

엽자건의 눈매가 가늘어졌다.

눈앞에 있는 송지하가 꽤나 고고한 심미안의 소유자임은 익히 아는 바였다. 그런 그가 이리 말을 한다면 그건 귀담아들을 값어치가 충분하다. 그게 그를 잠시 동안 침묵하게 만들었다.

잠시뿐이었다.

퍽!

손을 내빌어 송지하의 머리통을 강하게 후려친 엽자건이 하얀 치열을 드러내며 흉포한 기세를 뿌렸다.

"그냥 술이나 마시자!"

"역시……."

"역시는 무슨 역시?"

송지하의 눈꼬리에 웃음기가 짙어졌다. 아주 얄밉다.

"…역시, 엽 대형에겐 정인이 있었군요. 아주 예쁜 사람으로요."

"있지."

"어?"

"아주 예쁜 정인이 있다. 곧 찾으러 떠날 거고 말야."

"누굽니까?"

"알 것 없고."

"뺏길까 봐 겁나시는 겁니까?"

"그래, 겁난다. 너 같은 난봉꾼 녀석이 겁나는 게 아니라 내 마음이 그렇다. 내 흔들리는 마음이……."

"……."

엽자건의 퉁명스런 말의 꼬리가 흐려지자 송지하 역시 입을 다물었다. 그가 갑자기 딴생각에 돌입했음을 눈치챈 까닭이었다.

그 후 두 사람은 별 시답지 않은 얘기를 나누며 물이 타진 술잔을 주거니 받거니 했다.

오랜만이다.

엽자건이나 송지하의 삶 중에 이렇게 느긋하고 여유있던 때는. 있는 그대로 즐기지 않을 까닭이 없었다.

그렇게 밤이 점차 깊어갈 무렵이었다.

막 열 번째 술병의 마지막 잔을 비우던 참인 엽자건 앞에 갑자기 환월이 모습을 드러냈다. 한산해질 시간이라 주루 안에 손님이 거의 없긴 했으나 이례적인 일이다. 전장을 떠난 후 그녀는 대부분 엽자건 앞에서만 자신의 모습을 드러내곤 했으니 말이다.

"중요한 일이 생긴 것이냐?"

"예, 주인."

환월이 철담협개에게 받은 서신을 얼른 엽자건에게 내밀 었다. 그의 얼굴에 살짝 취기가 올라 있는 게 그녀의 눈길을 잡아끈다. 이런 경우는 또 처음 봤기 때문이다.

그때 송지하가 갑자기 자리에서 스윽 일어섰다.

어느새 흐트러졌던 머리를 손봤는지 사뭇 단정해진 자세에 눈빛은 반짝거리고 입가에는 산뜻한 미소가 머물러 있다. 어떤 여인이든 시선을 빼앗길 수밖에 없을 듯 매력적인 모습에 돌입한 것이다.

"소저, 방명이 어찌 되시는지 소생이 물어봐도 실례가 되지 않겠소이까?"

"허리춤이나 잘 챙겨라."

"뭐……."

환월의 싸늘한 말에 송지하의 안색이 살짝 굳었을 때였다. 어느새 그녀의 모습이 환상처럼 시야에서 사라졌다. 처음 모습을 드러냈을 때와 하등 변함이 없는 방식으로.

주르륵!

더불어 기다렸다는 듯 흘러내리는 바지.

송지하가 재빨리 손을 쓰긴 했으나 잠깐 동안 그의 늠름한 아랫도리가 찬바람을 맞는 걸 면할 도리는 없었다. 놀랍게도 바지뿐 아니라 중요한 부분을 가리는 고의 끈까지 잘려 버린 까닭이었다.

"푸하하하핫!"

엽자건이 낭패한 꼴이 된 송지하를 보며 통쾌한 웃음을 터뜨렸다. 항상 여자한테 극강의 모습을 보이던 송지하가 황하강 오리알 신세가 된 게 재밌어서다.

더욱 재밌는 건 송지하의 반응이다.

"제기랄, 얼굴도 상상(上上)인데, 성격 역시 화끈하잖아! 첫 번째 대면부터 내 보물을 탐내다니! 정 보고 싶으면 몰래 귓속말을 해줬으면 내 즐거운 마음으로 응했을 것을… 웃차!"

걸죽한 투덜거림과 함께 여유만만하게 고의와 바짓단을 동시에 끌어 올리던 송지하가 갑자기 고개를 옆으로 돌렸다. 느닷없이 나무젓가락 하나가 지극한 살기를 담은 채 날아들자 기다렸다는 듯 피해 버린 것이다. 그리곤 익숙하게 바짓단을 갈무리한다.

갸우뚱!

나무젓가락이 날아온 방향으로 잠시 귀를 기울여 보이던 그의 얼굴에 얼핏 서운한 기색이 어렸다.

'갔나?'

환월이 전해준 서신을 훑어보고 있던 엽자건이 심술궂은 표정으로 말했다.

"안 갔다. 네 무공이 부족해서 근석의 은신술을 간파하지 못하는 것뿐."

"엽 대형은 내 뱃속의 회충이십니까?"

"뭐, 네 얼굴에 그대로 드러나더라."

"흐음."

송지하가 미간 사이를 슬쩍 좁혀 보였다. 연기로 다져진 자신의 속내를 엽자건이 읽어낸 것이 자못 충격이었던 것 같다.

잠시뿐이었다.

재빨리 표정을 평상시로 돌려놓은 송지하가 엽자건 곁에 바짝 달라붙었다. 눈이 평소의 두 배쯤 반짝거리고 있다.

"부마도위를 거절하시는 이유가 있었군요. 하긴 저만한 미모의 색목인 미녀는 아주 높은 가치가 있으니……."

"시끄럽다!"

"…그러고 보니 그래서 황궁의 미녀 궁녀도 걷어찼던 거군요. 하긴 두 미녀를 비교해 보면, 미모나 희소성으로 볼 때 상대가 안 된다고 할 수 있겠지요. 하지만 자고로 사내에게 미녀란 다다익선이니……."

"아, 시끄럽다니까!"

엽자건이 결국 소리를 지르며 마구 들이대고 있던 송지하의 얼굴을 손으로 밀쳐 냈다. 아주 성가시고 귀찮아 죽겠다는 표정이다.

"왜 역정은 내고 그러십니까? 사문인 소림사에서 명망 높은 고승께서 갑자기 북경 인근에 오신 게 신경 쓰이시는 겁니까?"

'이노무 자식이!'

엽자건이 자신의 서신을 훔쳐본 송지하를 매섭게 노려봤다. 은근슬쩍 천살지기를 풀자 그의 얼굴이 대번에 핼쑥해진다. 두 사람 간의 현격해진 무공 격차를 보여주는 모습이다.

꾸깃!

이어 손아귀에 힘을 줘서 서신을 거머쥔 엽자건이 삼매진화를 일으켰다. 더 이상 송지하가 서신 안의 내용에 관심을 갖는 걸 용납하지 않겠다는 의지의 표명이었음은 물론이다.

으쓱!

결국 송지하가 어깨를 한차례 추어 보이곤 뒤로 상반신을 제쳤다.

"그럼 이만 가보십시오. 저는 혼자 자음자작이나 더 하고 있을랍니다."

"물 탄 술이 입에 아주 잘 맞는가 보지?"

"말했지 않습니까? 이곳 남빈로는 제 고향이라고요. 아무리 엿 같은 곳이라도 가끔은 괜찮게 생각되는 것도 있게 마련이지요."

"그렇군."

엽자건이 한차례 고개를 끄덕여 보이곤 자리에서 일어섰다. 진짜 그는 곧바로 움직여야만 했다, 몸속에 배어든 술기운 역시 싹 없는 것으로 만들고서.

"가란다고 진짜 가시네?"

송지하가 엽자건이 풍월루를 떠나가는 모습을 창밖으로 바라보다 슬쩍 인상을 구겨 보였다.

준수한 얼굴 한켠에 깃든 우수.

여태까지 엽자건 앞에서 보였던 느물거리는 모습과는 거리가 멀다. 상처받은 짐승과 같은 표정이 하이얀 얼굴에 머문 채 떠나려 하지 않고 있었다.

쪼르륵!

묵묵히 술병을 들어 잔에 따르니, 엷은 주향이 코끝을 스쳐간다. 역시 물을 좀 많이 탔다.

그때 송지하에게 살랑거리는 몸짓으로 다가서는 여인이 있었다.

삼십대 초반쯤 되었을까?

짙은 화장과 속살이 꽤나 많이 드러나는 옷차림을 한 여인의 정체는 풍월루의 새 주인인 풍란(風蘭) 매염화였다. 따로 북경 하오문의 주인이란 직위도 있으나 지금 중요한 건 아니라 할 수 있겠다.

"호호, 어찌 자음자작을 하십니까? 천첩에게 좋은 술이 있는데 합석을 해도 될까요?"

"본래 이 자리는 가는 사람 막지 않고, 오는 여자 역시 마다치 않는다네."

"그거 좋군요."

매염화가 요염한 미소와 함께 살짝 엉덩이를 얼마 전까지 엽자건이 앉았던 곳에 걸쳤다. 살며시 꼬여진 다리와 팽팽하게 긴장되어 있는 둔부와 허리선이 꽤나 도발적인 색채를 풍긴다. 선수답다.

송지하 역시 선수였다.

대뜸 매염화의 손에서 술병을 빼앗아 그녀 앞에 있던 술잔을 채운 그가 상큼하게 이를 드러냈다. 미소다.

"밤이 꽤 깊었는데, 굳이 긴 대화가 필요할까?"

"짓궂으셔라!"

"싫으면 말고. 나도 그리 궁하진 않으니까."

"누가 싫댔어요? 따라준 술은 마시고 일어서는 게 예의란 거지요."

매염화가 술잔을 들어 입 안에 단숨에 털어 넣었다.

화끈하다.

송지하가 그 모습을 보고 비실거리는 미소와 함께 자리에서 일어섰다. 매염화 역시 따른다.

선수와 선수가 만났다.

굳이 많은 시간이 필요할 턱이 없었다.

第八十三章

야중비무(夜中比武)

少林棍王
소림곤왕

마음속에 품은 여인이 중하다 하나
어찌 사부가 불렀는데 가지 않을 수 있으랴!

화려한 침상 위.

방금 전까지 후끈하게 방 안을 데웠던 매염화의 새하얀 나신이 묘한 색감을 드러내며 꿈틀거리고 있다.

반쯤 잠에 취한 듯한 얼굴.

짙은 화장이 절반쯤 지워진 그녀의 입가에 걸려 있는 건 더할 나위 없는 만족감이다.

"벌써 가려는 건가요?"

이미 의복을 다 챙겨 입은 송지하가 입가에 피식 미소를 떠올렸다.

"아직도 아쉬운 건가? 방금 전엔 나도 꽤 힘을 쓴 것 같은

데……."

매염화가 고개를 흔든다.

"아쉽진 않아요. 확실히 세 번째 때는 아주 좋았거든요."

"다행이군. 나도 이젠 다리가 후들거리니까 말야."

"거짓말!"

냉소 섞인 한마디와 함께 매염화가 나신임을 의식치 않고 침상 위에서 뛰어내렸다. 아주 노골적이고 음란한 모습이다.

휘릭!

송지하가 탁자 위에 아무렇게나 내동댕이쳐져 있던 그녀의 옷을 발끝으로 차 건네줬다.

교묘하다.

공중을 가로지른 옷이 매염화의 나신을 절묘하게 가린다.

"점잖은 척하기는!"

매염화가 입술을 삐죽 내밀어 보이곤 옷을 쓱쓱 몸에 걸쳤다. 아주 익숙하다.

송지하가 픽 하고 웃었다. 그리고 화제를 바꾼다.

"날 붙잡은 이유라도 있는 건가?"

"있죠."

"말해봐."

"먼저 약속했던 의뢰비부터 줘야 셈이 맞지 않을까요?"

"정랑한테까지 돈을 따지는 건가?"

"몸 몇 번 섞었다고 정랑이 되면, 벌써 서방이 네댓 명은 족히 넘었겠네요."

"그건 자존심 상하는 말이로군."

송지하가 툴툴거리는 말과 함께 품속에서 어음 한 장을 꺼내 매염화에게 날려보냈다. 대학사 엄숭과 화해하는 조건으로 받은 거액 중 일부였다.

삭!

두 손가락을 내밀어 어음을 받아 든 매염화가 적힌 숫자를 보고 만족한 미소를 매달았다.

황금 오백 냥!

북경 일대의 하오문을 이끄는 그녀에게도 결코 적은 액수가 아니다. 족히 한 해 동안 열심히 영업을 뛰어야만 얻을 수 있을 만한 거액인 것이다.

"나머지 절반은 전과 동일하게 일을 모두 끝마친 다음에 주는 건가요?"

"왠지 꺼림칙한 표정인걸?"

"당연하죠! 천하의 어떤 간담 큰 자가 있어 곤왕 유대유 대협의 뒤를 쫓을 수 있겠어요?"

"너희!"

"뭐, 그렇긴 하죠."

곧바로 인정한 매염화가 익숙하게 어음을 가슴골 사이로 집어넣고 말을 이었다.

"유 대협은 현재 남쪽으로 빠르게 움직이고 있어요. 어떤 자들의 뒤를 쫓는 것 같은데, 주변이 완전히 시산혈해(屍山血海)예요."

"시산혈해?"

"거진 정체를 알 수 없는 시체들이에요. 숫자가 많은데도 대부분 폭사한 것 같은 꼴들을 하고 있었거든요. 간신히 형태를 유지하고 있던 몇 안 되는 시체는 완전히 썩어 있었고요."

"단 며칠 사이에 썩었다?"

"주변까지 독이 퍼졌더군요. 아주 극독이에요. 게다가 옷차림도 중구난방이고."

"그래서 추적은 어디까지 이뤄졌지?"

"하북성의 오태(五台)까지예요. 물론 성의 경계를 넘은 후부터는 그쪽 하오문 아이들의 도움을 받느라 돈을 물 쓰듯 써야 했지만요."

"추가로 지불할 돈은 없어."

"뭐, 그렇다고요. 암튼 거기서 다시 커다란 싸움이 벌어졌는데, 오태 일대에서 명망이 높던 항산장(恒山莊)이 피바다가 되었어요. 향후 항산검파(恒山劍派)와의 갈등은 피할 길이 없을 것 같네요."

"항산검파? 거기는 여자들의 문파 아닌가?"

"왜 아니겠어요. 남해(南海)의 청조각, 아미의 복호사와 더불어 아주 유명한 곳이죠."

"헤에!"

송지하의 눈이 어둠 속에서 반짝거렸다. 아주 호기심이 확실하게 동한 모습이다.

찰싹!

매염화가 송지하의 손등을 때리곤 눈을 흘겼다.

"당장 항산으로 달려가고 싶어서 몸이 후끈 달아오른 것 같군요?"

"본래 나는 다다익선(多多益善)이야!"

"짐승 같으니라구!"

매염화가 다시 송지하를 때리려다 가는 허리를 휘감겼다. 입술 역시 자유를 잃어버렸고.

쪼옥!

한차례 입맞춤으로 매염화를 넋 놓게 만든 송지하가 슬쩍 하얀 치열을 드러내 보였다.

"전서구를 보낼 테니, 계속 내게 소식을 전해줘."

"잔금은 언제 줄 건데요?"

"북경으로 돌아올 때 주지. 아니면 일이 끝난 후 사람을 보내면 인편에 보내주거나."

"그럴 필요 없어요. 반드시 당신이 직접 주러 오세요, 이곳으로."

"그러지."

송지하가 대답과 함께 바람처럼 특유의 보법을 이용해 방을 빠져나갔다. 산전수전 다 겪은 매염화의 가슴에 결코 메워

질 수 없는 커다란 구멍 하나를 뚫어놓고서였다.

*   *   *

북경성 외곽으로 백 리가량 떨어진 장소.

눈앞으로 산을 등지고 형성된 집들의 군집이 독특하게도 다닥다닥 붙은 채 이뤄져 있었다.

산적이나 마적의 침습에 대비한 전형적인 형세!

마을 어귀쯤에 위치한 늙은 소나무가 보이는 부근에 걸음을 멈춰 선 엽자건이 잠시 어둠 속에 서 있었다. 야천을 장악하고 있는 초승달의 달빛만이 처량하게 사위를 비추고 있다.

'이런… 지금 나, 떨고 있는 건가?'

엽자건이 손바닥으로 심장 어림을 만졌다.

작은 두근거림이 느껴진다.

세수경의 참오를 바탕으로 무공이 절대지경에 오른 후 처음 경험하는 감정의 동요다. 미칠 듯 그리워하던 감요진이나 근래 형체가 없는 대기처럼 마음속에 자리 잡은 남궁수를 떠올릴 때와도 또 다른 느낌이다.

문제될 게 없다. 당연하다. 소림사에서 갑자기 종경 사숙조가 북경 인근까지 손수 찾아왔으니 말이다.

어째서일까?

서신 속의 내용을 접했을 때 처음으로 떠올린 생각이었다. 더불어 아주 불쾌한 감정에 휩싸였다. 불현듯 소림사를 떠날 때 이미 무공을 완전히 잃은 상태였던 사부 보종의 건강이 갑자기 못 견딜 정도로 걱정된 까닭이다.

그때 노송으로부터 얼마 떨어지지 않은 장소에서 나직하나 위엄있는 목소리가 들려왔다. 엽자건의 존재를 미리 눈치 채었음이 분명하다.

"아미타불! 거기 있는 게 자건이더냐?"

"예, 자건이가 왔습니다!"

엽자건이 언제 침묵 속에 거했냐는 듯 커다란 대답과 함께 바람같이 신형을 날려 노송 앞에 이르렀다.

슥!

공중에서 한차례 회전과 함께 떨어져 내리는 동작이 가볍기 이를 데 없다. 금강부동보가 완전히 극에 이르렀음을 보여 주는 모습이다.

노송 한켠에 가부좌를 튼 채 앉아 있던 종경이 그제야 눈을 뜨더니, 고개를 몇 차례에 걸쳐 끄덕어 보였다. 온화하면서도 위엄이 넘치는 얼굴에 문득 담겨진 감정은 경이로움과 놀라움, 그리고 대견함이었다.

"참으로 놀랍구나. 헤어진 지 얼마나 되었다고 무공이 이리 발전되었더란 말인고?"

재빨리 그에게 다가가 허리를 크게 접어 보인 엽자건이 엄숙한 표정으로 고했다.

"모두가 사부님과 소림의 은덕이 아니겠습니까? 물론 제가
좀 잘난 면도 있지만요."

"허허, 무공이 올랐다 하여 성격이 변한 건 아니로구나. 이
번에 공을 참 많이 세웠다고 들었느니라."

"하지만 명하신 일을 그르쳤습니다. 벌을 내리신다면 달게
받도록 하겠습니다."

"그 일이라면 내 이미 들었다. 중간에 대법대불왕이 끼어
든 것이니, 네가 잘못한 건 없다고 할 수 있을 것이니라. 그
여시주에게 특별한 감정을 품고 있었다면 사정이 달라질 테
지만 말이다."

"……."

엽자건이 달싹이려던 입술을 얼른 닫았다.

눈앞에 있는 사람은 당금 소림사 제일의 고수인 나한당 수
좌 항마불장 종경이었다. 비록 장문 방장인 불성 종아 선사가
삼기에 속해 있다곤 하나 세간에서의 평가는 그를 뛰어넘지
못했다. 천둥벌거숭이 같은 엽자건이라 하나 그의 앞에서 거
짓을 고하긴 쉽지 않았다.

잠시의 침묵 끝에 엽자건이 입을 열었다.

"사숙조님께서 잘 보셨습니다. 저는 요진에게 특별한 감정
을 품고 있습니다."

"집착이다."

"집착일 수도 있습니다. 하지만 그녀를 찾는 걸 포기할 생각은 없습니다. 진정 제 마음속에 깃든 채 떨쳐 내지 못하고 있는 이 갈구가 집착인지 확인하기 위해서라도 말입니다."

'허어, 철담협개 방주의 말과 한 치의 어긋남이 없구나. 하지만 현재 소림에는 이 녀석의 힘이 반드시 필요하니, 그냥 놔줄 수는 없다.'

스스로 파문제자가 됐던 파천마곤 보종의 제자다. 그를 쏙 빼닮은 게 무공뿐은 아닐지니 엄한 말로 굴복시킬 수도 없다는 생각이 들었다.

결국 속으로 몰래 탄식을 터뜨린 종경이 화제를 바꿨다.

"황궁에서 유 노사님과 만남을 가졌더냐?"

"몇 가지 가르침을 받기는 했지만, 직접 만나 뵙지는 못했습니다."

'눈을 뜬 상태에선 그랬지.'

엽자건은 뒷말은 속으로 삼켰다. 굳이 유대유를 구한 것까지 말할 필요는 없다고 여겼다.

종경이 미미하게 고개를 끄덕여 보였다.

"네 무공이 갑작스레 대성을 이룬 것이 무리가 아니었구나."

"대성이요?"

"그렇다."

종경이 문득 가부좌를 풀고 자리에서 일어섰다. 손에는 어느새 한켠에 놔두고 있던 제미곤이 들려져 있다. 기도 역시 여태까지와 달리 노호와 같이 맹렬하다.

움찔!

엽자건이 순간적으로 자신을 향해 폭풍우처럼 몰려든 종경의 기파에 어깨를 한차례 떨어 보였다.

하지만 단지 그뿐이었다. 그는 곧바로 심중 깊숙한 곳에서 고개를 들려던 천살지기를 가라앉혔다.

천생의 살기!

그동안 무수히 많은 전장을 돌아다니며 날카로운 칼날처럼 벼려왔던 이 기운은 '양날의 검'이었다. 전쟁터를 누비며 적병들을 아주 효과적으로 제압할 수 있는 반면, 자기 자신마저 상처를 입히기 일쑤였다. 일단 발동되기만 하면 적아의 구분이 모호해지고 이성이 마비되어 버리곤 했기 때문이다.

덕분에 엽자건은 무수히 많은 생사의 고비를 넘겨야만 했다.

몇 번은 거의 죽다가 살아난 적도 있었다.

결국 무공의 수준이 올라갈수록 그는 살기의 조절에 아주 많은 공을 들이게 되었고, 근래 세수경으로 몸속의 팔대진기를 융화시키며 완벽한 제어가 가능하게 되었다.

'응? 설마 그런 것까지 사숙조께서는 알아보신 건가? 아직

나는 오호란을 완성하지 못했는데…….'

오호란의 완성!

그것이야말로 엽자건이 바라는 궁극의 목적이었다. 아니다. 그와 사부 보종 두 사람 공통의 목적이었다. 그 외에 아무리 무공이 높아져 봐야 특별한 의미를 부여할 수 없었다. 소림사의 장경각이나 황궁무고에서 엽자건이 여타 무서에 별다른 관심을 보이지 않은 건 바로 그 때문이었다.

그렇게 엽자건이 잠시 딴생각을 하는 사이 종경은 익숙하게 폭풍과 같은 기경을 수중의 제미곤으로 옮겼다.

스파앗!

엽자건을 바라보는 그의 표정은 어느새 가볍게 굳어 있다. 자신이 초기에 발출한 기파가 어떤 영향도 눈앞의 사손에게 전달되지 않고 있음을 눈치챈 까닭이었다.

'진정 기재다. 유 노사님의 가르침을 받고 예상했던 것보다 훨씬 큰 진경이 있었던 것이리라. 하지만 아직 확실치는 않으니, 내 확인을 해봐야겠구나.'

과연 그런 것뿐일까?

종경은 과거 나이 많은 사질이었던 보종과 동일한 호승심을 엽자건에게 느꼈음을 굳이 부인치 않았다. 또한 그럴 필요가 없다 여겼다.

"곤을 들거라! 내 오랜만에 네 무공의 진경을 확인해 보려하니!"

"예."

엽자건이 공손한 대답과 함께 허리춤에 매달려 있던 삼절마곤을 빼들어 조립했다.

이미 깨달음을 통해 무형곤을 얻은 상태다.

굳이 삼절마곤의 도움을 받을 필요는 없으나 눈앞에 있는 사람은 다름 아닌 종경이었다. 그를 맨손으로 상대할 생각을 갖기엔 아직 자신의 무공에 대한 믿음이 부족했다.

스슥!

일순 하나로 조립된 삼절마곤을 내려뜨린 엽자건의 발끝이 가벼운 진동을 일으켰다.

진각?

그보다는 사위의 대기를 일제히 진저리시키는 힘이다. 기파다. 이야말로 천하를 굽어볼 수 있는 절대지경에 오른 자만이 보일 수 있는 무의 경지!

단숨에 자신을 향해 좁혀들기 시작한 엽자건의 엄청난 기파에 종경의 물빛 시선이 가벼운 흔들림을 보였다. 미리 각오하고 있던 상황임에도 엽자건의 이 엄청난 무위는 그를 경악하게 만들기에 충분하다.

잠시뿐이었다. 곧 냉정을 회복한 종경이 말했다.

"동수로 인정하겠다."

"예."

엽자건이 대답과 함께 수중의 삼절마곤을 모아 동자배불

을 취해 보였다. 동수로 손을 쓰겠다는 말을 듣고서도 예의를 깍듯하게 취해 보인 것이다.

스으!

그 순간 종경이 움직임을 보였다.

일타일게!

하늘 높이 치켜올려졌던 제미곤이 엽자건의 머리를 향해 맹렬한 기세를 함유한 체 떨어져 내렸다.

천지양단의 기세다.

진짜로 엽자건은 일순 벼락이 머리 위로 떨어져 내린 듯한 착각을 느꼈다. 곤이 도착하기도 전에 머릿속이 격탕되어 피가 미친 듯 끓어올랐다.

'과연 종경 사숙조!'

엽자건이 내심의 감탄과 함께 부동무상으로 신형을 이동시켰다. 뒤에 움직였으나 더욱 빠르다. 삽시간에 제미곤의 벼락같은 일격을 피해냈다.

그것만으로 끝일 리 없다.

사삭!

순간 두 개로 나뉘었던 엽자건의 삼절마곤이 비로소 동자배불의 자세를 풀고 움직임을 보였다.

천사일로 무정세!

그다음은 배곤 삼로 무정세다.

연달아 전혀 다른 형태의 곤형으로 일타일게 상태의 종경을 공격해 갔다.

삽시간에 깨어지는 일타일게!

파라락!

그러자 종경의 신형이 공중으로 가볍게 떠올랐다. 야풍에 옷자락이 휘날리는 소리가 강하게 들려온다. 그만큼 빠르게 공중으로 솟구쳐 올랐다.

그리고 쫘악 펴진 수장!

엽자건의 머리 위로 갑자기 노도와 같은 장력이 쏟아져 내렸다. 대력금강장이다.

뿐만 아니다. 좌수로 옮겨갔던 제미곤이 빙그르르 회전을 일으키며 다시 엽자건의 하반신을 노렸다. 위와 아래를 동시에 노리는 고등 수법이 펼쳐진 것이다.

'이크!'

엽자건은 가벼운 어지러움을 느꼈다. 항상 태산과도 같은 야차곤의 격식을 중시하던 종경이 이렇게 많은 변식을 사용할 줄은 몰랐다. 아주 정신이 없다.

그러나 그동안 전장을 전전하며 얻은 실전의 경험이 어디 가는 게 아니다. 정제된 살기와 함께 고스란히 엽자건의 몸속에 각인되어져 있었다.

좌악!

순간적으로 두 발을 길게 뻗어 바닥에 찰싹 달라붙었던 엽자건의 삼절마곤이 종경의 하단전을 찔러 들어갔다. 기경을 담진 않았으나 빛보다 빠른 일격이다. 공중에 떠 있는 상태인 종경이 피하긴 곤란할 터였다.

헛된 바람이었다.

종경의 신형이 공중에 뜬 상태 그대로 아홉 개로 늘어났다. 연대구품이다.

더불어 삽시간에 아홉으로 늘어난 종경이 아홉 개의 제미곤으로 각기 다른 초식을 쏟아냈다. 바닥에 찰싹 달라붙은 엽자건의 상반신 전체를 수백 개가 넘는 곤영으로 휘감아 압사시켜 버리려 했다.

만곤(滿棍)!

종경이 오랜 참오 끝에 얻은 최강의 기법이다. 여태까지 어느 누구한테도 사용한 적이 없었다가 처음으로 시전했다. 다름 아닌 사질 엽자건을 목표로.

"핫!"

엽자건이 비무 시작 후 처음으로 입을 열었다. 몸속 가득 차올라 있던 기력을 쏟아냈다.

더불어 그의 손을 떠난 삼절마곤!

무형의 기운에 이끌려 하늘로 날아오른 삼절마곤이 순식간에 종경이 펼친 만곤을 막아냈다. 수백 개가 넘게 형성되었던 곤영을 사방으로 튕겨내었다. 아예 처음부터 그런 것 자체가 존재하지 않았던 것처럼 말이다.

"헉!"

결국 단말마에 가까운 호흡과 함께 종경이 연대구품을 끝내며 화급히 뒤로 신형을 물렸다.

지이이익!

신형을 물린 것만으로 부족했음이다.

종경의 발끝이 대지를 밭고랑처럼 파헤쳐 났다. 엽자건의 삼절마곤에서 튕겨져 나온 기력을 발끝의 용천혈을 통해 방출하다 보니 그렇게 되었다.

그때 마치 생명이라도 얻은 것처럼 주인에게 돌아온 삼절마곤을 받아 든 엽자건이 다시 동자배불해 보였다. 비무의 끝을 일방적으로 통보한 셈이다.

"…훌륭하다!"

가까스로 내부에 침입해 들어온 기경에 흐트러진 심신을 안정시킨 종경이 어렵사리 고개를 끄덕여 보였다.

엽자건이 자신의 전력을 이런 식으로 파훼할 줄은 상상조차 못했다. 패배를 인정하는 이 순간, 마음 한구석이 쓰라려 옴은 어쩔 수 없을 듯하다.

그때 동자배불을 끝낸 엽자건이 표정을 일신한 채 입을 열었다.

"사숙조님, 소림사에 큰 변고가 생긴 게 아닙니까?"

"어찌 네가 그 사실을 안 것이냐? 설마 철담협개 방주님이……."

"아닙니다."

단호한 대답과 함께 엽자건의 눈빛이 가볍게 흐려졌다.

'역시 그랬던 것인가!'

맨처음 그는 종경이 북경에 온 이유를 두 가지로 유추하고 있었다.

유대유와 보종.

두 사람의 안위와 관련된 사항이 아니라면 소림사의 수호신이라 할 수 있는 종경의 갑작스런 등장을 이해하기 어려웠다. 얼마 전까지 북경은 거의 내전에 휩싸인 상태였기 때문이다.

곧 그 같은 생각을 접었다.

벌써 유대유가 북경을 떠난 지 삼 개월이 지난 시점이었고, 보종에게 문제가 생겼다면 철담협개가 모른 척했을 리 없다. 이렇게 느닷없이 종경이 엽자건에게 비무를 신청했을 리도 없고 말이다.

그렇다면 남은 가능성은 별로 없다. 굳이 꼽자면 전날 소림사를 떠나기 전에 벌어졌던 대란을 능가할 만한 엄청난 사건이 목전에 이르렀다는 정도랄까?

빠르게 생각을 정리한 엽자건이 말을 이었다.

"철담협개 방주님께서는 그냥 제게 사숙조님의 서신을 전달하셨을 뿐입니다."

"그럼 어떻게 그런 생각을 한 것이더냐?"

"저는 단지 지금 이 시점에 사숙조님께서 소림사를 떠나

북경에 오신 이유를 생각해 봤을 뿐입니다. 여러 가지 가능성
이 떠올랐으나 제 미욱한 생각으론 소림사에 문외(門外)의 제
자들까지 불러모을 만큼 큰 위기가 닥친 것밖엔 떠오르지 않
았습니다."

"으음, 그랬더냐?"

"예."

대답과 함께 고개를 숙여 보이는 엽자건을 잠시 바라보던
종경이 가벼운 한숨을 입에 매달았다.

"하아, 네 말이 맞다. 현재 소림사는 중대한 위협에 노출되
었구나. 역사상 유례가 없을 정도로 소림사의 모든 직계와 속
가제자들을 소집해야만 할 정도로 말이다."

"적이 누굽니까?"

"후금의 황천기주니라. 그가 휘하의 일만이 넘는 대병을
이끌고 숭산으로 진격해 들어왔느니라."

"북경에서 내전이 벌어지고 있던 중이었습니까?"

"그런 것까지 아느냐?"

"짐작일 뿐입니다. 일만 명이나 되는 대병이 움직이기 위
해선 반드시 국경을 넘어야 할 터인데, 국경 수비대의 눈을
피하려면 북경에서 소요가 일어났던 때가 아니고선 곤란할
것이 아니겠습니까?"

"그렇구나."

고개를 끄덕여 보인 종경이 무거운 기색으로 말을 이었다.

"그로 인해 지난 수개월 동안 아주 치열한 싸움이 벌어졌고, 무수히 많은 소림의 제자들이 목숨을 잃었구나. 우리가 할 수 있는 일은 숭산의 지리를 방어진 삼아 억지로 버티는 게 전부였느니라. 그마저도 요즈음은 어려워지는 상황이고 말이다."

"사부님께서 방어진을 진두지휘하고 계시겠군요?"

"그렇다. 보종이 없었다면 여태까지 버티어낼 수 없었을 것이다. 하남성의 도지휘사사의 병마 역시 얼마 전 몰살을 당한 상황이니까……."

"그런데 적은 황천기주의 일만 대병뿐이 아닌 게 아닙니까?"

"정체 모를 고수들이 다수 포함되어 있더구나. 그들만 없었다면 내가 이렇게 소림사를 빠져나와 천하에 퍼져 있는 소림의 제자들을 집결시킬 필요까진 없었을 것이다."

"제가 그들을 이끌겠습니다!"

"네 마음속에 품은 여시주는 어쩌고?"

종경의 반문에 엽자건이 잠시 눈빛을 흐트렸다.

운명!

그 더러운 이름이 또다시 발목을 잡는다. 감요진과의 사이를 벌려놓는다. 하지만 어찌 무공조차 전폐가 된 상태인 사부 보종의 위험으로부터 고개를 돌릴 수 있을까?

"소림사의 안위가 우선입니다. 어찌 제가 사부님께서 부르

섰는데 가지 않을 수 있겠습니까?"

"그전에 한 가지 알아야 할 사항이 있느니라."

"하명하십시오."

엽자건을 잠시 응시한 후 종경이 말했다.

"현재 사천 일대에서도 커다란 전운이 감돌고 있다고 들었다. 대법대불왕이 포달랍궁과 북혈단의 세력을 이끌고 운남무림을 장악한 후 사천에까지 야욕을 드러낸 것이다."

"철담협개 방주님께 대충 얘기를 들었습니다. 제가 이래봬도 신무림맹의 무상인 천룡위주니까요."

"그랬느냐?"

"예. 철담협개 방주님께서도 곧 개방의 정예와 함께 사천으로 떠날 거라 하시더군요. 본래 저와 함께 연평 왕야께 아부를 해서 군사를 약간 빌릴까 했습니다만 쉽지 않더군요. 그래서 근일간 함께 북경을 떠날 생각을 하고 있었습니다."

엽자건은 연평왕이 자신에게 제안한 부마도위에 대한 건은 쏙 빼고 말하지 않았다.

장문 방장인 종아 선사와는 다른 종경의 인품을 믿지 못하는 건 아니나 사안이 너무 중대했다.

그마저도 '천 개의 불탑을 쌓는 것보다 한 사람의 인명을 구하는 게 낫다'는 말과 함께 엽자건의 희생을 강요할지 모른다는 판단이었다.

얼굴이 예쁘다고?

그래 봤자 열세 살짜리 어린애를 업어 키울 생각은 추호도 없었다. 이미 마음속에 품고 있는 여인도 있었고 말이다.

'제기랄. 요진, 잠시만 더 기다려 줘. 내 소림사의 일을 끝낸 후엔 더 이상 운명이란 놈의 더러운 농간에 휘말리지 않고 곧장 운남으로 달려갈 테니까 말야.'

시간이 지나갈수록 확고해지는 마음이다.

절대 변치 않고, 변할 수도 없었다.

창룡검가로 떠나기 전 자신을 바라보던 남궁수의 처연한 눈빛이 계속 마음속 한켠에 남아 근심을 쌓아가는 걸 제외하곤 분명 그러했다.

잠시 후.

종경과 헤어진 엽자건은 연평왕부로 돌아가던 중 문득 걸음을 멈췄다.

그의 앞에 떨어져 내린 그림자 하나.

언제나와 다름없이 엽자건의 뒤를 몰래 따르고 있던 환월이다.

"주인, 북경을 떠나기 전에 한 가지만 말해주세요!"

"싫다."

"예?"

당황하는 환월에게 엽자건이 눈을 부릅떠 보였다. 표정이 꽤나 무섭다.

"너는 어째서 날 따르는 거냐?"

"그야 주인의 여자가 되고 싶으니까……."

"아서라!"

"…압니다. 주인이 날 여자로 보지 않는다는 걸. 하지만 그래도 나는 주인을 포기할 수 없어요."

"왜?"

"나는……."

잠시 말끝을 흐렸던 환월이 푸른 눈에 살짝 물기를 담은 채 말을 이었다.

"…나는 중원에 갈 곳이 없어요. 아니, 주인을 제외하곤 어느 누구한테도 안정을 취할 수가 없어요. 주인이 날 구해준 뒤부터 말예요."

"그러니 책임을 져라?"

"예."

"……."

엽자건이 잠시 눈살을 찌푸린 채 환월을 바라보다 입 밖으로 한숨을 토해냈다.

"나는 지금부터 다시 전장으로 간다."

"따르겠습니다!"

"이번엔 아주 큰 싸움이야. 여태까지처럼 널 지켜봐 줄 수 없을지도 몰라."

"대신 제가 주인을 지켜볼 테니 상관없습니다."

"알겠다."

엽자건이 결국 고개를 끄덕여 보이곤 다시 발걸음을 내딛었다. 지금으로선 더 이상 환월에게 해줄 말이 없었기 때문이다. 그리고 그 모습을 환월이 망연히 바라본다.

'지금 주인의 마음속에 있는 여자는 누구인가요? 저는 정말 그게 궁금해요. 하지만 어차피 대답해 주지 않겠죠? 상관없어요. 상관하지 않을래요. 저는 진짜 죽을 때까지 주인의 여자일 테니까요.'

마음속에 품고 있던 질문, 또다시 밖으로 내뱉지 못했다.

하긴 듣지 않아도 상관없었다. 어차피 들을 마음도 없었으니까 말이다.

저벅! 저벅!

저 멀리 보이는 연평왕부를 향해 걸어가며 엽자건이 문득 고개를 가로저었다.

'왜 나한테 그러는 거냐? 나는 너한테 아무것도 줄 것이 없는데. 진짜로 줄 게 없는데……'

한탄이 절로 흘러나온다.

하지만 곧 마음을 다잡았다. 휴식은 끝났다. 곧 인생 제일의 싸움을 벌여야만 한다.

전장을 떠나기 직전!

무인의 마음이 흔들려서야 말이 되질 않는다. 더욱이 반드시 이겨야만 할 싸움을 앞두고서는 더더욱 그렇다.

"그나저나 지하 녀석은 어쩌지? 날 의형처럼 따르기는 하지만 소림의 일에 외인을 끌어들이는 건 곤란하니, 역시 적당히 떼어놔야 하나? 그 녀석이 익힌 구대문파의 엉터리 무공도 문제가 될 테니……."

문득 송지하를 떠올린 엽자건이 눈살을 찌푸렸다. 얼떨결에 맞이한 의제의 처리가 그리 쉽지 않을 것 같은 불길한 예감 때문이었다.

                    *   *   *

탁!

강하게 탁자를 내려친 송지하가 준수한 얼굴을 상기시킨채 목청을 높였다.

"당연히 소제도 따라가야 하지 않겠습니까? 설마하니 이제와서 절 외인으로 치부하시려는 건 아닐 테지요!"

"너는 나라의 큰일을 해야 하지 않겠느냐? 그러니……."

"어차피 요즘은 한가합니다!"

"…그래도 이번 일은 소림사와만 관계된 일이니 굳이 네가 따라올 필요는 없다. 싸움의 규모가 크기도 하고."

"그러니 더더욱 소제가 따라나서야지요! 엽 대형의 사문이면 소제의 사문이기도 하고요!"

'그러니까 네 녀석이 익힌 얼치기 구대문파의 초식이 문제란 말이다!'

내심 소리를 버럭 지른 엽자건이 문득 눈을 빛냈다. 갑자기 재밌는 생각이 하나 떠오른 까닭이다.

"너, 나한테 무공 좀 배울 테냐?"

"무공이오?"

"그래, 정히 날 따라오고 싶으면 무공을 배워라. 내 제자가 되어서 말야."

"……."

송지하가 인상을 슬쩍 굳혔다.

금란지교로 의형제를 맺는 것과 사제지간이 되는 건 차원이 완전히 다른 일이다. 아무리 엽자건에게 깊은 마음을 품고 있다곤 하나 쉽사리 결정짓기란 힘든 일이라 할 수 있었다.

엽자건이 어깨를 으쓱해 보였다.

"뭐, 싫으면 관둬라. 나는 백여 년 전 화산파의 승천비룡검제와 도패미검왕(刀覇美劍王)과의 미담을 너와 함께 나누려 했을 뿐인데, 네가 싫다면야……."

"승천비룡검제와 도패미검왕의 미담이오?"

"그래, 승천비룡검제는 화산파를 천하제일문파로 올려놓은 사람이고, 도패미검왕은 북궁세가의 전성기를 이뤘잖느냐? 그 두 사람이 본래 의형제로 만나 사제지간이 된 사건은

아주 유명하지 않느냐?"ㆍ

"그야 그렇지만……."

승천비룡검제 운검과 도패미검왕 북궁휘.

백여 년 전 무림계에 가장 중요한 위치를 점하고 있던 인물들이다. 그들이 의형제이자 사제지간이 되어 천하무림계의 크고 작은 사건들을 처리한 건 분명 유명한 미담이었다. 이번 경우와 비견할 수 있을지에 대해선 진지하게 생각해 봐야 할 테지만 말이다.

잠시간의 고민 끝에 송지하가 조건을 달았다.

"승천비룡검제와 도패미검왕 간의 사제 관계는 후일 없던 것으로 된 걸로 압니다. 그러니……."

"좋아."

"…아직 조건을 언급하지도 않았습니다만?"

"이번 싸움이 끝날 때까지만 임시로 내 제자 노릇을 하는 거다. 그 뒤에는 다시 평범한 의형제 간으로 돌아가는 거고 말야."

"정말 그래도 되겠습니까?"

"너는 곤왕 선배의 제자가 되는 게 평생의 목적이잖냐? 내 제자 정도로는 성에 차지 않는 심정도 이해한다."

"감사합니다!"

우렁찬 외침과 함께 송지하가 얼른 엽자건 앞에 엎드려 아홉 번 절했다. 비록 임시이긴 하나 확실하게 사제지간의 예를 취해 보인 것이다.

절이 다 끝나고 일어선 송지하에게 엽자건이 안색을 싹 바꿨다. 표정이 더할 나위 없이 엄격해져 있다.

"제자야, 이제부터 너는 소림사의 속가제자다. 그러니 절대 타 문파의 무공을 사용해선 안 된다. 알겠냐?"

"예? 하지만……."

퍽!

엽자건이 발로 송지하의 복부를 걷어찬 후 어떤 반항을 보이기도 전에 연달아 열 대 더 때렸다.

적당히 담은 내경!

초절정의 무위를 지녔으나 내공이 부실한 편이던 송지하로선 쉽사리 버텨내기 어려운 수준의 구타다. 전혀 예상 밖의 일이었기도 하고 말이다.

구타가 끝난 후 엽자건이 손가락을 까닥거렸다. 일어서라는 뜻이다.

"우웩!"

송지하기 일어서더 피를 한 모금 토했으나 엽자건의 낯빛은 전혀 변함이 없다.

"다시 처음부터 시작할까?"

"수작 부리지 않겠습니다."

"그래야지."

얼른 소매로 입 주위를 닦고 부동자세를 취한 송지하에게 엽자건이 천천히 고개를 끄덕여 보였다. 처음부터 고의로 내공을 일으켜 각혈을 토해낸 것을 알고 있었던 것이다.

엽자건이 말을 이었다.

"향후 사부의 말에 조금이라도 반문을 하거나 나서면 반드시 이 꼴이 될 거다. 여자 앞이라고 해서 예외는 없어. 알겠냐?"

"존명!"

"좋아. 다음으로 넘어간다. 날 따르는 동안 너는 여자도 만나선 안 된다. 대답은?"

"…조, 존명!"

송지하의 대답이 무척 힘겨워졌다. 설마하니 엽자건이 이런 명령을 내릴 줄은 몰랐기 때문이다.

여자!

그의 인생이다. 삶의 유일무이한 낙이었다.

하지만 엽자건이 송지하에게 바라는 건 그게 시작이었다.

그 뒤 줄줄이 명령이 내려졌고, 송지하의 안색은 연신 붉으락푸르락을 오갔다.

문득 엽자건에게 완전히 당했다는 생각이 들었으나 이미 항구를 떠난 배였고, 끈 떨어진 연이었다. 더 이상 그가 어찌해 볼 여지는 존재하지 않았다.

'망.했.다!'

연신 '존명'을 외쳐 대며 송지하는 속으로 울음을 삼켜야만 했다.

　자기가 따라가겠다고 했다.

　제자가 되는 구배지례 역시 시키지 않았는데 막 올렸다. 이
제 와서 무르자고 할 순 없었다. 그저 사부로 모신 엽자건의
횡포가 적당한 선에서 끝나길 기다리는 게 최선이었다.

第八十四章

귀초발검(歸鞘發劍)

少林
棍王
소림곤왕

연평왕부.

연평왕은 아침 일찍 엽자건의 거처를 찾았다가 인상을 가볍게 일그러뜨렸다.

그는 혼자가 아니었다.

열다섯 명이 넘는 자식들 중 가장 예뻐하는 딸인 운혜 군주가 함께였다.

방년 십삼 세.

그의 의견대로라면 막 꽃봉오리가 망울을 틔우기 직전인 어여쁘고 어여쁜 나이였다. 물론 다른 처첩들이나 운혜 군주 본인의 의견은 그렇지 않았지만 말이다.

어쨌거나 오늘 그는 장중보옥인 운혜 군주를 엽자건에게 소개시켜 줄 작정을 하고 있었다. 미리 운은 떼어놓았으니, 막 저질러 버릴 생각이었다.

하늘을 마음껏 노니는 비룡(飛龍)!

그게 엽자건에 대한 연평왕의 평가였다.

지난바 무위는 만인을 상대할 만하고 병법에 대한 이해 역시 탁월한데다 의리와 협기까지 겸비했으니, 절대 놓치고 싶지 않은 인재였다. 언제까지고 자신의 소매 속에 품고서 황좌로 향하는 권력의 주춧돌로 삼고 싶었다.

모두 헛된 꿈이었다.

다시 찾은 엽자건의 처소에 남은 건 달랑 한 장의 서신이 전부였다, 공손하지만 아주 짤막한.

'으으음! 사문인 소림사가 위기에 빠졌다니 갈 수밖에 없었을 테지. 분명 그렇기는 한데… 아쉽구나! 아쉬워! 혼례라도 올린 연후에 보냈어야 했을 터인 것을.'

잘생긴 놈이다. 몸매 잘 빠졌다.

따르는 여자가 한둘이 아닐 터였다. 어쩌면 무림 중에 이미 정인을 만들어놨을지도 모른다. 틀림없이 그랬을 터였다. 그래서 혼사를 서둘렀던 것인데……

내심 고개를 가로저은 연평왕이 순진무구한 표정으로 자신의 눈치를 살금살금 보고 있는 딸 운혜 군주를 바라봤다. 아쉬움이 없다곤 할 수 없으나 군왕으로서 내색을 할 수는 없는 노릇이다.

"허허, 오랜만에 아비와 함께 시간이라도 보낼 테냐?"

"예, 아바마마!"

운혜 군주가 낯을 붉히며 좋아한다.

역시 아직은 어리다. 신랑감을 만나는 것보다 아비와 노는
걸 좋아하는 걸 보면 말이다.

        *   *   *

"아버님……."

이염이 어렵사리 부친으로 인정한 철담협개에게 다가가려
하자 살짝 옷자락을 잡아당기는 손길이 있다. 수개월 전 그와
혼례를 올린 부인 묘선랑이었다.

억지춘향식으로 올린 혼례였다. 적어도 이염은 그러했다.

하지만 세상사 요지경 속이라 했던가?

평생을 청룡도 한 자루만을 들고 천하를 횡행했던 이염은
명성에 걸맞지 않게 단 석 달 만에 묘선랑에게 꽉 잡혔다. 십
수 년간 거친 사내들을 상대한 그녀가 전심전력을 다한 탓에
전신의 뼈마디가 완전히 흐느적거리게 되어버린 것이다.

지금 역시 마찬가지다.

근래 철담협개에게 매일 수련을 가장한 구타를 감내하고
있던 그를 가로막은 건 묘선랑의 가냘픈 손길이었다. 다시 무

림의 싸움에 끼어들지 말라는 무언의 방해에 한 걸음을 떼어
놓기가 무척이나 힘들어졌다.

철담협개가 나직이 혀를 찼다.

"쯔쯧, 인석아, 네 어미를 떠날 때의 내 심사를 이제야 이해
할 수 있겠더냐?"

"……."

꿀먹은 벙어리가 이러할까?

평상시와 달리 이염은 얼굴이 벌겋게 되어 한마디 말도 못
했었다. 부친 철담협개의 말을 듣고 더욱 묘선랑의 손길을 뿌
리칠 수 없게 된 까닭이다.

근데 이게 어찌 된 일인가!

갑자기 묘선랑이 이염의 옷자락을 틀어쥐고 있던 손에서
힘을 빼냈다. 놀랍게도 그를 스스로 풀어준 것이다.

"…세요."

"뭐?"

"아버님과 함께 가세요. 천첩은 신경 쓰지 마시고요."

"……."

이염이 여전히 벌건 얼굴을 한 채 묘선랑을 바라봤다. 그녀
의 진심의 궁금했기 때문이다.

그렁!

어느새 두 눈에 눈물까지 맺힌 묘선랑이 처연한 표정을 한
채 말했다.

"생각해 보니, 천첩의 생각이 짧았습니다. 어찌 아녀자가 장부의 앞길을 막을 수 있겠습니까? 천첩은 이곳에서 서방님이 돌아오시길 기다리고 있겠습니다."

"임자, 그, 그래도 되겠소?"

"대신 영웅이 되어 돌아오십시오! 무림의 대영웅이신 아버님의 이름에 누를 끼치지 않을 정도로 대단한!"

"알겠소!"

이염이 손을 뻗어 묘선랑의 두 손을 굳게 부여잡았다.

얼떨결에 맺은 부부의 연이다. 하지만 지금은 더할 나위 없이 소중한 인연이 되었다. 자신을 알아주고 믿어주는 여인을 만나기란 결코 쉬운 일이 아니란 생각이 들었다.

그 모습을 냉정하게 지켜보고 있던 철담협개가 내심 고개를 가로저었다. 절로 혀가 차진다.

'쯔쯧, 보기 드문 여우로다! 여우야! 어떻게 하면 사내를 자신의 치마 속에 파묻어서 헤어나오지 못하게 하는 줄을 잘 알고 있어. 가흔이 고 녀석이 저 반만 했어도 자건이 녀석은 벌써 내 손주 사위가 되었을 디인데……'

엽자건을 떠올리자니 복장이 터진다.

그는 사흘 전 먼저 북경을 떠났는데, 여전히 대법대불왕과 포달랍궁에 대한 관심이 많았다. 감요진을 아직까지도 잊지 않고 있음이 분명했다.

그래서 철담협개는 근래 엽자건의 곁에 찰싹 달라붙어 있는 환월을 대수롭지 않게 생각했다. 그녀가 비록 빼어난 미녀라곤 하나 평생 본 최고의 미녀인 남궁수를 뛰어넘진 못한다는 판단이었다.

감요진!

엽자건의 가슴속에 간직되어진 채 불멸의 아름다움을 발산하고 있을 터였다. 남궁수나 환월같이 어여쁜 미녀의 애정 공세조차 외면하고 있는 걸 보면 말이다.

그래서 내심 더 대단하다고 생각했다.

피가 펄펄 끓는 나이다. 무림의 대업과 사문의 위기가 중첩되었다곤 하나 사랑하는 정인을 찾는 걸 뒤로 미룬다는 건 결코 쉬운 일이 아니었다. 보통의 마음가짐으론 흉내조차 내지 못할 법했다.

그러니 어찌 남궁수나 환월보다 미모가 떨어지고 성격 역시 나쁜 이가흔에게 희망이 있겠는가!

아무리 내심 우겨봤자 소용없는 일이다. 엽자건이 너무 아깝고 마음에 들어 속에서 천불이 나고 있지만 인정할 건 인정해야만 했다.

그 같은 생각만으로 속에서 역정이 치솟아오른 철담협개가 여전히 묘선랑과 떨어질 생각을 않는 이염을 향해 버럭 소리질렀다.

"이놈아, 따라오기 싫으면 말아! 난 먼저 갈란다!"

"아, 아버님!"

당황한 표정이 된 이엽이 그제야 묘선랑과 떨어져 벌써 저만치 걸어가고 있는 철담협개의 뒤를 황급히 따랐다. 마지막으로 묘선랑의 눈가에 맺힌 눈물을 닦아주는 걸 잊지 않고서였다.

"서방니이임!"

"임자, 내 다녀오리다!"

"영웅이 되십시오! 영웅이요!"

"알겠소!"

끝없이 이어질 듯한 닭살의 대화에 결국 철담협개가 취팔선보를 펼쳤다, 내기로 고막을 살짝 막고서.

*   *   *

한 달 후.

개방의 정예라 할 수 있는 분타주 급의 십방걸개(十方乞丐) 등을 이끌고 중경에 도착한 철담협개가 인상을 찡그려 보였다.

신무림맹 저편에서 일어나고 있는 격한 환호성!

아주 귀를 성가시게 한다.

삼 개월 전 강제로 소지를 당해 험한 세파에 노출된 고막을 사정없이 후려치고 있었다.

'에구, 귀 아파라! 어째 이리 시끄럽게 떠들고 있단 말이냐? 설마하니 내가 오고 있는 걸 눈치챈 건 아닐 테지?

속마음과는 다르다.

철담협개의 두 눈에는 가벼운 신광이 어려 있었다. 신무림맹 전체를 휘감고 있는 대기를 마구 뒤흔들어 놓고 있는 강력한 기의 파동을 느낄 수 있었기 때문이다.

뒤따르던 이염이 뒤늦게 그 같은 기운을 감지하고 안색을 가볍게 굳혔다.

"아버님, 이 엄청난 기운은 누가 일으키고 있는 겁니까? 무림맹주인 당 선배님은 만나봤지만 이런 기운을 발휘치 않았었는데……."

"노독물은 아니지. 아마 승천검군 남궁 늙은이가 아니겠느냐? 칼날 같은 기운이 살갗을 일어나게 만드는 걸 보면 말이다."

"아!"

이염이 나직한 탄성과 함께 눈에 빛을 담았다.

삼대검객과 이대도객!

비슷하게 명성을 얻었다곤 하나 사정은 완전히 달랐다. 같이 어깨를 나란히 하기엔 무리가 있었다.

퍽!

철담협개가 이염의 허벅지를 발로 걷어찼다. 표정이 평상시보다 사뭇 엄격하다.

"괜스레 남궁 늙은이한테 덤벼들 생각은 하지 말아라. 그

늙은이, 금분세수 이후에 무공이 더욱 진보한 것 같으니까."

"그럴 수도 있습니까?"

"세속을 떠나 있다 보면 그동안 보지 못했던 숲이 보이기도 하지 않겠느냐?"

"……."

이염이 입을 다문 채 곤혹스런 표정을 지어 보였다. 철담협개가 한 말의 진의를 이해하기 힘들었기 때문이다.

퍽!

한심한 생각에 이염의 허벅지를 다시 발로 걷어찬 철담협개가 휘하의 십방걸개에게 수신호를 보냈다. 슬슬 흩어져서 휘하의 거지들을 신무림맹으로 끌어모으라는 명령을 내린 것이다.

그 시각, 신무림맹!

연무장의 중앙에 각기 오백 명씩으로 구성된 세 개의 군단이 도열한 채 한곳을 바라보고 있다.

노검객.

은발의 머리는 당장에라도 하늘로 승천할 것 같은 비룡(飛龍)이 수놓아진 영웅건으로 단단히 고정되어 있다.

또한 푸른색 장포와 바지를 받쳐 입었는데, 손에 든 백색의 고검을 휘두르는 데 방해가 되지 않도록 소매의 폭이 좁다.

한눈에 보기에도 부유해 보이는 인상과 차림이되 무인으로서의 실용성 역시 포기하지 않은 복장이다.

그럼에도 가장 인상적인 건 손이다.

얼굴에 깃들어 있는 세월을 전혀 느낄 수가 없다. 변변찮은 주름 하나 보이지 않는 섬세하고 기다란 손가락이다.

당연히 이런 사람이 세상에 둘이 존재할 리 없다.

천하가 인정하는 삼대검객의 수장인 승천검군 남궁황이 바로 지금 신무림맹의 정예라 할 수 있는 무인들의 시선을 집중시키고 있는 사람의 정체였다.

문득 신무림맹에서 급하게 조성한 삼 개 무력 군단의 면면들을 눈으로 살핀 남궁황이 입가에 서늘한 미소를 담았다. 눈빛 역시 매섭게 번뜩인다.

"무인으로 태어나 검을 든 이유는 무엇인가?"

"무의 극에 오르기 위함입니다!"

대답을 토해낸 건 남궁황이 창룡검가에서 데려온 창룡무상검대의 오백 명이다. 그들을 이끄는 네 명의 적전 제자의 목소리는 각기 조화를 이뤄 장엄하기까지 하다.

"정파의 무인으로 무를 익히고 해야 할 일은 무엇인가?"

"정의를 구현하고 협의를 지키기 위함입니다!"

이번 대답은 여타 팔대세가 중 창룡검가와 친분이 있는 곳에서 모여들어 혼성 편재된 풍운등천용대(風雲登天龍隊)다. 미리 준비했던 대답인만큼 역시 시원시원하다.

"새롭게 탄생한 무림맹을 위해 우리는 무얼 해야만 하는가?"

"중원을 침범하는 적도들을 제거하고 의(義)를 지키며, 천하무림을 평온케 해야만 합니다!"

마지막 대답은 당가를 옹호하는 나머지 팔대세가와 여러 군소문파의 제자들이 모여 편재된 제마군영대(制魔群英隊)였다. 역시 기다려 왔던 질문인만큼 버럭버럭 소리도 잘 질러댄다.

창!

일순 남궁황이 자신의 애검인 한상신검을 빼들었다.

찬연하게 빛나는 검기!

아니다. 어느새 한상신검에 얽히든 건 어떤 것보다 아름답고 강렬한 빛의 파동이었다.

"검강이다!"

"검강이다!"

"검강을 저렇게나 길게 일으킬 수 있으시다니!"

남궁황의 한상신검에서 일어난 검강은 족히 일 장에 달했다. 웬만한 검기조차 그만큼 일으키기 쉽지 않을 듯한 길이였고, 그만큼 아름다웠다.

덕분에 연무장은 삽시간에 광란의 도가니에 빠져 버렸다. 포달랍궁과 북혈단의 연합 세력과 전초전을 벌이기 위한 출정식의 긴장감이 완전히 날아가 버린 것이다.

'망할 늙은이, 잘난 척은 여전하군.'

멀리서 무림맹의 태상장로 격인 십존 중 검존(劍尊)이 된 남궁황의 출정식을 지켜보고 있던 당무양이 노안을 일그러뜨렸다. 그가 일으킨 검강지기를 보고 아주 기분이 나빠졌다. 당장 달려가서 출정식 자체를 깽판 놓고 싶어질 만큼 말이다.

물론 마음속으로만 할 수 있는 일이었다. 그의 배후에 그림자처럼 서 있는 문상 모용초연의 존재 때문이다.

꾸욱!

양손에 살짝 힘을 줘어 보인 당무양이 퉁명스런 심사를 감추지 않은 채 모용초연에게 질문했다.

"그런데 어째서 다른 문파에서는 아직 전력을 신무림맹으로 보내오지 않는 것인가?"

"중원에 새로운 난이 일어난 때문이 아니겠습니까?"

"새로운 난?"

"근자에 놀랍게도 하남성의 숭산 일대에 일만이 족히 넘는 대병이 모습을 드러냈다고 하더군요."

"일만?"

당무양이 놀라서 모용초연을 돌아봤다.

현재 운남과 사천의 접경지대에 모여들고 있는 포달랍궁과 북혈단의 연합 세력의 숫자는 고작해야 삼천에 불과했다. 비록 최하 일류고수로 이뤄진 새외의 최정예이긴 하나 숫자상으론 일만에 결코 비교할 수 없을 터였다.

"게다가 신원 미상의 초절정고수들이 잔뜩 포진되어 있는 것 같더군요. 소림사가 숭산 일대에 수십 개나 되는 백팔나한진을 펼쳐서 간신히 방어만 하고 있을 정도이니 말입니다."

"또 후금인가?"

"황천기주가 직접 나선 것 같습니다. 마천의 도움을 받아서요. 아마도 신무림맹이 사천 방어에 정신이 없는 틈을 노려서 소림사를 멸하고 강북무림 일대를 쓸어버리는 게 목적이겠지요."

담담한 모용초연의 설명에 당무양이 손으로 이마를 짚었다.

아찔하다. 이런 식으로 마천과 황천기주에게 허를 찔릴 줄은 몰랐다.

모용초연이 여전한 표정으로 부연 설명했다.

"그래서 먼저 신무림맹에 전력을 차출한 창룡검가와 마찬가지로 강북의 대문파들은 거북이처럼 머리를 움츠러뜨리고 있는 중입니다. 소림사에게 도움을 주러 가고 싶어도 일만이 넘는 대병에 마천의 고수들이 집결해 있는 걸 알고시 쉽사리 마음의 결정을 내릴 순 없는 모양입니다."

"그렇게 자세한 사항을 어찌 타 문파에서 알았지?"

"그야……."

모용초연이 얼핏 입가에 미소를 매달며 말끝을 흐렸다.

'구정회에 속한 인사들한테 이미 고소 모용씨들이 연통을

한 것이로구나!'

구정회!

아주 오랫동안 정파무림에 암중의 영향력을 행사해 온 단체다. 고대마교의 후신을 자처하는 대종교와 관련이 깊은 마천의 행사에 적극적으로 나서지 않는 게 오히려 이상할 수도 있겠다.

하지만 당무양은 내심 눈앞의 모용초연을 의심했다. 그녀가 대변하는 고소 모용씨들이 이번 기회를 빌어 정파무림의 질서를 새롭게 재편하려 한다는 걸 알고 있었기 때문이다.

'어쩌면 고소 모용씨들은 이번 기회에 소림사를 비롯해 자신들의 영향력이 닿지 않는 구대문파 중 일부를 버리는 패로 삼을 작정인지도 모르겠구나!'

물도 오랫동안 한곳에 머물면 썩는다.

구정회라 해서 그러지 않으리란 보장은 없었다. 특히 권력을 오랫동안 장악하고 있던 고소 모용씨들은 더욱 그러할 거란 생각이 들었다.

그 같은 생각에 빠져 침묵하는 당무양에게 모용초연이 다시 평상시로 돌아간 표정으로 말을 이었다.

"다행인 점은 그 같은 사정을 알고서도 철담협개 방주님이 개방의 정예인 십방걸개와 함께 중경에 오신 점입니다."

"소림사로 달려가지 않고서?"

"곤왕 유 대협을 구하러 북경으로 떠나시기 전 포달랍궁의 중원 침공이 진짜로 이뤄질 경우 반드시 선봉장이 되시겠다고 제게 약속하셨거든요."

'무서운 년!'

모용초연의 치밀함에 내심 혀를 내두른 당무양이 갑자기 훌쩍 신형을 날렸다. 철담협개가 신무림맹으로부터 얼마 떨어지지 않은 장소에 도착해 발한 천리전음에 곧바로 반응을 보인 것이다.

슥!

순식간에 자신을 떠나 신무림맹의 무수히 많은 고루거각 위를 날아가는 당무양을 향해 모용초연이 살짝 허리 숙여 보였다. 철담협개의 천리전음을 중간에 엿들을 순 없었으나 대충 그가 신무림맹에 도착할 때가 되었음은 충분히 예상할 수 있어서였다.

살랑!

손에 들린 부들부채를 한차례 흔들어 보인 그녀가 입가에 작은 미소를 만들어냈다.

"자, 그럼 대법대불왕을 상대할 세 명의 장기말이 신무림맹에 모였으니, 슬슬 이차 계획이라도 발동시켜 볼까?'

북경이 혼란한 틈을 탄 황천기주와 마천의 중원 침공!

아주 훌륭하다.

완전히 허점을 찔려 버렸다.

하지만 모용초연은 소림사와 구대문파의 저력을 믿고 있

었다. 어떻게든 사천에서 포달랍궁과 북혈단을 몰살시키는 정도의 시간은 끌 수 있을 거라고 말이다.

그 이후?

상처뿐인 승리자가 되어 있을 황천기주와 마천을 신무림맹과 구정회의 고수들이 박살 낸다. 완전히 부숴 버리고 새로운 무림의 질서를 확립할 것이다, 신무림맹 중심의 체제로.

스르륵!

옷자락을 휘날리며 철담협개 앞에 떨어져 내리던 당무양의 눈에 이채가 어렸다. 선객(先客)이 있어서다.

'저 여아는 분명 남궁 늙은이가 침을 튀어가며 자랑해 대던 백의검후란 아이가 아닌가……'

백의검후 남궁수.

창룡검가의 비전절예인 창룡육격참의 당대 계승자로 강북 제일의 후기지수 자리를 무당파의 대로검자 유백온에게 빼앗은 천재 여검수였다.

물론 어디까지나 어린애들 중에서 눈에 띨 뿐이다. 천룡위주 엽자건만큼 그를 놀라게 할 만한 정도의 역량을 지녔다곤 생각하지 않았었다.

하지만 지금 이 순간 생각이 달라졌다. 전날 얼핏 봤던 것과는 비교조차 할 수 없이 빼어나진 그녀의 기태와 무형의 기세가 그리 만들었다.

문득 그에게 시선을 돌린 남궁수가 정중하게 허리를 숙여 보였다.

"천룡영웅대 용자조장 남궁수, 맹주님을 뵈옵니다!"

'역시 그 여아란 말인가?'

당무양이 내심 고개를 가로젓곤 장탄성에 가까운 탄성을 내뱉었다.

"허어! 장강의 앞 물결이 뒷물결에 밀린다는 말을 내 믿지 않았었거늘. 진정 보고도 믿기 힘들구나. 어떤 기연을 만났던고?"

"천룡위주님께 약간의 가르침을 받았을 뿐입니다."

"엽자건, 그 아이에게 가르침을 받았다고?"

"예."

남궁수의 짤막한 대답에 당무양이 눈살을 가볍게 찡그려 보였다.

그 역시 근래 엽자건의 놀라운 활약을 대충 전해들은 바 있었다. 특히 북경에서 곤왕 유대유를 구출하고 내전을 종식시킨 건 대단한 일이라 평가했다. 곧 천운이 따르는 놈이란 폄하가 뒤따랐지만 말이다.

그런데 이미 **빼**어난 고수였던 남궁수에게 가르침을 내려 무공의 진보까지 이뤄줬다니!

첫인상 덕분에 줄곧 엽자건을 평가절하해 왔던 당무양으로선 혼란스러울 수밖에 없다. 꼬장꼬장하고 성격이 다혈질인 그에게 있어 자신의 판단이 틀렸음을 자인하는 건 꽤나 힘든 일이었기 때문이다.

그때 철담협개가 남궁수에게 말했다.

"이 늙은 거지는 지금부터 맹주와 긴요하게 할 얘기가 있으니, 너는 이만 물러나 보도록 하거라!"

"예."

남궁수가 허리를 숙여 보이곤 물러났다.

조부인 남궁황의 출정식을 지켜보던 중 철담협개에게 불려온 터라 특별한 불만이 있을 리 없었다. 엽자건의 행적에 대해선 저 멀리 떨어져 불편한 기색으로 서성거리고 있는 이염에게 전해들으면 될 테고 말이다.

잠시 그녀의 뒷모습을 바라보던 철담협개가 딱딱하게 굳은 표정으로 당무양을 바라봤다.

"어째서 맹주가 직접 나서지 않은 것인가? 설마하니 승천검군에게만 전투를 맡길 요량은 아닐 테지!"

"이 방주, 곧 후발대가 따를 것이외다. 병력 증원이 되는 대로 말이오."

"그렇군. 하지만 이건 알아두게나."

"말씀하시오."

"이 늙은 거지는 이번 대전을 속전속결로 끝내기 위해 신무림맹으로 달려왔다는 것을 말일세."

"노부와 같은 생각이시니 다행이올시다."

"그런데……."

잠시 말끝을 흐린 철담협개가 갑자기 확 인상을 써 보였다. 사람이 완전히 달라져 보인다.

"…그 말투 좀 바꾸면 안 될까? 전에는 그러지 않더니 맹주에 오른 후 아주 재미없어졌어, 사람이 말야."

"어쩌겠소이까? 무림맹주에 오른 사람은 공적인 일을 수행할 때 주변의 눈치를 봐야 하니 말이외다."

"하지만 지금 우리 주변에는 아무도 없잖나? 그러니 적당히 말투를 예전으로 돌려놓는 게……."

"정히 원한다면 그러지, 늙은 거지야."

"…엥?"

곧바로 바뀐 당무양의 말투에 철담협개가 잠시 눈을 동그랗게 떠 보이더니, 곧 노안 가득 파안대소를 담았다. 그의 즉각적인 변화가 아주 마음에 드는 것 같다.

"푸헐! 푸허허허허! 이거 아주 재밌구만! 재밌어!"

"재밌냐? 나는 아주 죽을 맛이다. 괜스레 맹주 직은 맡아서 마음대로 싸우지도 못하고 무림맹을 떠나지도 못하니 말이야."

"모용 문상에게 그렇게 꽉 잡힌 건가?"

"꽉 잡히긴 무슨!"

퉁명스레 말을 받은 당무양이 눈에 은은한 살기를 담았다. 아주 기분 나빠 견딜 수 없어 보이는 표정과 함께다.

"고소 모용씨는 이번 기회에 아주 정파무림의 판세를 재편하려고 하는 것 같다. 이 독존 당무양을 방패막이로 내세워서 말이야. 하지만 내가 그렇게 호락호락 당하고 있을 사람이 아니니, 그런 소리는 하지 않는 게 좋아."

"아무렴! 천하의 독존 당무양이 한낱 고소 모용씨들의 허수아비가 되어선 안 되는 게 당연하지!"

시원스런 맞장구와 함께 철담협개가 표정을 일신했다. 걸걸하고 시끄럽던 목소리 역시 살짝 가라앉는다.

"그래서 소림사는 어찌할 생각이신가?"

"소림사?"

"그래, 소림사를 어찌할 작정이신가? 설마하니 그냥 이대로 놔둘 생각은 아니실 테지?"

"수일 전 대유에게 전언이 있었다네."

"전언?"

철담협개의 안색이 굳어지자 당무양이 살짝 손을 들어 올렸다. 호신강기를 일으키려는 걸 제지한 것이다.

"이미 방원 삼 장 안을 막아놨네. 어떤 자도 우리의 대화를 들을 순 없을 테니 염려 놓으시게."

"빠르군."

"흐흐, 암기와 독을 다루는 자가 본래 그렇다네."

"다 늙은 나이에 그놈의 자화자찬은!"

살짝 눈을 흘긴 철담협개가 손을 작게 팔랑거려 보였다. 어서 본론으로 넘어가란 재촉이었다.

"대유는 마천의 주인이라는 천기마야란 자의 뒤를 쫓고 있다더군."

"천기마야?"

"아직 중원에는 무명일세. 하지만 이번 북경의 내전에 관여했을뿐더러 후금 황천기주와도 교류가 있는 것 같더군. 아마 현 대종교의 최고 실력자가 아닐까 생각되네."

"근래 중원을 중심으로 벌어지고 있는 모든 혼란의 배후 주모자일 테고?"

"대유는 그리 보고 있었다네. 그래서 북경을 탈출한 후 줄곧 뒤를 쫓고 있는 중이고 말일세."

"하면 그는 지금……."

"하남성에 있다네. 그래서 내가 그쪽 일에 관심을 기울이지 않아도 되는 것이고 말야."

"……."

철담협개가 잠시 침묵했다.

그는 내심 기묘한 감정에 사로잡혔다. 마음에 둔 여인을 찾는 것마저 외면한 채 소림사로 떠난 엽자건과 유대유의 행보가 왠지 겹친다는 생각 때문이다.

'영웅이란 본래 그런 것일 테지! 범인들로선 감히 갈 수 없는 길을 걸어가기에 영웅으로 불리는 게야!'

결국 제 나름대로의 결론을 내린 철담협개가 천천히 고개를 끄덕여 보였다.

"이진은 언제 출발하나?"

"보름에서 한 달이면 족할 걸세."

"이 늙은 거지와 함께 가려는가?"

"물론. 내 개왕과 남궁 늙은이의 눈을 이번 기회에 크게 개안시켜 줌세. 천하무쌍의 독공이 어떤 것인지 말야."

"또 자화자찬!"

퉁박을 주면서도 철담협개가 입가에 흐뭇한 미소를 매달았다.

독존 당무양!

무적의 독공을 지닌 그만큼 적이 아니라 아군으로 두었을 때 마음 든든한 사람을 찾기는 어려웠다. 대규모 대전을 앞두고 있는 지금과 같은 때는 더 말할 것도 없었고.

"여어!"

이염이 남궁수를 발견하고 어색하게 손을 들어 보였다.

한때 은근슬쩍 마음속에 담아뒀던 적이 있다. 나이와 체면 때문에 다른 천룡영웅대 녀석들처럼 들이대진 못했으나 마음만은 한결같았다.

이젠 사정이 그때와 완전히 달라졌다.

북경에서 헤어진 지 삼 개월 사이 이염은 유부남이 되었고, 남궁수는 여전히 여신같이 아름다웠다. 잠시 아쉬운 마음에 어찌해야 할 바를 모르게 된 것도 무리는 아니었다.

반면 남궁수는 평상시보다 조금 마음이 조급해져 있었다. 엽자건에 대해 물어볼 것이 잔뜩 있었기 때문이다.

"이 호법님, 그동안 별래무양하셨는지요?"

"나야 뭐……."

"천룡위주님께서는 어째서 함께 복귀하지 않으신 건지요? 북경 쪽의 일은 이미 끝났다고 들었습니다만?"

단도직입적인 질문이다.

잠시나마 오랜만에 보게 된 남궁수의 절세미모에 황홀해 있던 이염이 찬물 한 바가지를 덮어쓴 표정이 되었다. 갑작스레 냉엄한 현실 속으로 추락해 버린 것이다.

'에휴우, 어째서 이년이고 저년이고 계집들은 자건이 그놈만 찾는 거냐! 나랑 그다지 다를 것도 없건만…….'

착각이다.

얼굴과 나이가 다르다.

내심 세 살 된 어린아이조차 납득시키기 어려운 논리의 투덜거림을 늘어놓은 이염이 뚱한 표정이 되었다.

"그 녀석은 하남성으로 갔다."

"하남성이오? 그건 설마……."

말을 잇던 남궁수가 안색을 가볍게 붉혔다. 엽자건이 자신을 만나러 창룡검가로 향한 것이란 생각을 떠올린 까닭이다.

이염이 심퉁맞게 그녀의 달콤한 상상을 깼다.

"소림사에 문제가 생겨서다. 창룡검가에 찾아간 게 아니고."

"…그렇군요."

"아쉬워할 건 없다. 그 녀석은 은근히 널 걱정하고 있었으니까 말야."

"……."

남궁수의 안색이 다시 붉어졌다. 이염이 한 말이 빈말이라도 무척 듣기 좋았다.

이염이 말을 이었다.

"그래서 말인데, 너는 어쩔 거냐?"

"모용 문상으로부터 천룡위주님께서 맹으로 돌아오실 때까지 천룡영웅대를 맡으라는 명령을 받았습니다."

"천룡영웅대 애새끼들은 언제 회군하는데?"

"전령이 떠난 지 두 달이 넘었으니, 곧 맹으로 복귀하리라 봅니다만……."

"잘됐다!"

소리를 지르며 손뼉을 친 이염이 눈을 빛내며 말했다.

"천룡영웅대 애새끼들이 오면 함께 하남성으로 떠나도록 하자!"

"천룡위주님의 명령인가요?"

"그놈이 그런 명령을 내릴 놈 같냐?"

"그럼?"

"소림사는 지금 멸문의 위기에 처했다. 절강성에서 싸웠던 해월낭인대만큼 많고, 훨씬 강한 고수들이 득시글거리는 적들에게 숭산 전체가 포위당해 있다고 하더구나. 그러니 그놈이 예약된 부귀영화마저 내팽개치고 달려간 거고 말이다. 그런데 너는 그놈을 그냥 내버려 둘 거냐? 아니, 너희들 천룡영웅대는 그럴 거야?"

"……."

남궁수가 입을 다문 채 잠시 몽롱한 눈빛이 되었다. 근래 구유한백신공을 대성하며 사라졌던 몽환적인 분위기가 다시 모습을 드러낸 것이다.

잠시뿐이었다.

곧 평상시와 같은 눈빛을 회복한 남궁수가 단호한 목소리로 말했다.

"천룡영웅대의 도착은 멀지 않았습니다. 그들이 돌아오는 대로 이 호법님께 답을 드리겠습니다. 다만……."

"다만?"

"…다만 지금 제가 드릴 수 있는 대답은 천룡영웅대 전체의 결정과 관계없이 저는 이 호법님과 뜻을 함께하겠다는 것입니다."

"나, 나와 뜻을 함께하겠다고?"

"예."

남궁수의 단호한 대답에 이염의 얼굴이 화끈 달아올랐다.

갑자기 감미로운 사랑 고백이라도 들은 것 같은 황홀경에 빠져든 까닭이다.

이번엔 남궁수가 그의 달콤한 상상을 깼다.

"제 뜻은 천룡위주님을 위해 검을 뽑아 들겠다는 겁니다. 이 호법님과 함께요."

'뭐, 그렇겠지……'

이염이 다시 찬물을 뒤집어쓴 얼굴로 뚱한 표정이 되었다. 갑자기 북경에 있는 아내 묘선랑이 몹시도 보고 싶어지는 순간이었다.

"그럼, 이만!"

"그, 그래……."

문득 이염에게 절도있는 자세로 인사를 한 남궁수가 다시 조부 남궁황의 출정식장으로 향했다. 곧 신무림맹을 떠나 전장으로 향할 조부에게 마음으로나마 작별을 고하기 위함이었다.

'할아버님, 언젠가 제게 말씀하셨지요? 뽑혀진 검은 반드시 떠나온 집(검갑)으로 돌아가야만 한다고요. 저는 한 자루 검. 곧 집으로 돌아가기 위해 떠나고자 합니다.'

엽자건.

그는 남궁수가 반드시 돌아가야 할 집이었다. 날카로운 예기를 머금은 보검이나 다름없는 그녀가 유일하게 마음 놓고 쉴 수 있는 보금자리였다.

이런 단순한 사실을 어째서 이제야 안 것일까?

멀고 먼 길을 돌아서 남궁수는 자신의 마음을 확실하게 깨달았다. 엽자건이 없이는 안 된다는 것을. 반드시 그의 곁으로 돌아가야만 한다는 것을. 그리고 그가 몹시도 보고 싶다는 것을 말이다.

"우와아아아!"

문득 출정식장 쪽에서 우레와 같은 함성이 터져 나왔다. 드디어 신무림맹의 선발대가 출정을 시작했음이 분명했다.

第八十五章

하남행로(河南行路)

少林
棍王

소림곤왕

숭산 소림사!
천하무림에 욕심이 있는 자들이라면 반드시 뛰어넘어야만 하는 존재다
결코 그냥 지나칠 수 없다

복건성(福建省) 복주(福州).

절강성에 이어 복건성에 침입한 왜구를 소탕하는 데 혁혁
한 공을 세운 척가군의 수장 척호의 앞에 한 명의 미청년이
서 있다. 반년이 훌쩍 넘는 세월, 척호와 함께 강남을 안정시
키는 데 대공을 세운 천룡영웅대의 임시 지휘관 유백온이었
다.

"그동안 정말 고생이 많았소."

"아직 강남이 완전히 안정되지 않았는데 떠나게 되어 유감
입니다."

"척가군의 숫자가 이미 오만이 되었소. 해월왕을 중심으로

모여들었던 왜구들 역시 근래 들어 구심점을 잃고 조용하니, 강남에 대한 걱정은 한동안 덜어도 상관없을 것이오."

"척 장군이 있어서 안심하고 떠날 수 있을 것 같습니다. 부디 강녕하십시오."

"고맙소."

깊은 눈빛과 함께 군례를 취해 보이는 유백온에게 척호가 미미하게 고개를 끄덕여 보였다.

무림과 군부.

강물과 우물물처럼 서로 침범치 않는다. 하지만 강남을 안정시키기 위해서 척호와 눈앞의 유백온은 힘을 합했고, 내심 끈끈한 감정이 생겨났다. 전우애다.

척호의 사령막사를 빠져나온 유백온이 벌써 출발할 준비를 끝마친 천룡영웅대를 향해 빠르게 걸어갔다. 언제 척호와의 이별을 아쉬워했냐는 듯 발걸음이 아주 가볍다.

그때 그가 돌아오기만을 목을 빼고 기다리던 목진풍과 팽도진이 쏜살같이 달려왔다.

"이얏호! 드디어 떠나도 되는 건가? 진짜 그래도 되는 거야? 진짜루?"

"유 조장, 뭘 하느라 이리 늦은 거지?"

각기 상반된 표정으로 질문해 대는 두 조장을 향해 유백온이 눈살을 가볍게 찌푸려 보았다. 어떻게 이런 경박하고 무례한 자들과 함께 전장을 헤쳐나왔는지 모르겠다는 생각이 든다.

잠시뿐이었다.

엽자건이 항상 중군을 맡겼을 만큼 자제력이 탁월한 유백온이 곧 평정심을 되찾았다.

"척 장군의 군령을 받았으니, 곧바로 출발해도 될 것이오."

"우하핫! 만세! 만세다!"

"잘됐군."

연신 발을 구르며 환호성을 질러대는 목진풍과 달리 팽도진은 짤막한 한마디를 내뱉었을 뿐이다. 전날 남궁수에게 몽혼약을 뿌렸다가 죽기 직전까지 구타당했던 일을 떠올린 까닭이었다.

'제길, 사천의 신무림맹에는 승천검군 남궁 노가주님께서도 와 계시다던데……'

오싹!

팽도진은 오한이 이는 걸 느꼈다.

남궁황은 팔대세가 중에서도 첫째, 둘째를 다투는 절대의 고수였고, 영향력 역시 막강했다. 후일 당무양에 이어 무림맹주의 직위에 오른다 해도 전혀 어색할 게 없는 대인물이었다.

그런 그가 은퇴를 번복하고 돌아왔다.

만약 남궁수에게 했던 일이 밝혀진다면 어떤 꼴을 당할지 상상조차 하기 싫었다. 그가 직접 손을 쓰지 않는다 해도 가문에 추문이 전해진다면 출문(出門)까지 각오해야 할 터였다.

'…그냥 척가군에 남아 군문에 말뚝을 박아버릴까?'

본래 하북팽가는 무림뿐 아니라 군부에도 영향력이 막강한 가문이었다. 신창양가와 함께 금의위의 상층부와 병부에 상당히 많은 인재들이 진출해 있었다. 팽도진이 척가군에 들어간다 한들 그리 큰 문제가 될 건 없었다.

그러나 그는 곧 고개를 가로저었다.

이젠 척호란 본명보다 계광이란 이름으로 유명해진 귀신 장군이 이끄는 척가군은 군율이 지나칠 만큼 엄중했다. 왜구와의 전투 역시 북방 타타르나 후금과의 혈전에 버금갈 만큼 힘들었다. 비록 뒤가 걱정되긴 하나 계속 남아 있고 싶진 않았다.

게다가 그는 여전히 남궁수를 완전히 포기치 못하고 있었다. 이젠 절대 좋은 관계를 유지할 수 없게 되었다 생각하면서도 밤마다 열병처럼 그녀를 꿈꿨다. 연일 피를 피로 씻는 거친 전장에서 버틸 수 있었던 원동력은 오로지 그뿐이었다.

그렇게 팽도진이 급우울한 표정을 짓고 있을 때였다.

사천으로의 회군 계획을 논의하고 있던 세 조장을 향해 이가혼이 급한 걸음으로 다가들었다. 풍자조의 부조장 역할에 익숙해진 그녀의 얼굴은 살짝 타긴 했으나 여전히 도발적인 매력을 풍겨내고 있다.

"회의 중에 미안하지만 지금 당장 결정해야 할 중대 사안이 발생했어요."

"중대 사안?"

목진풍이 방금 전까지의 경망스런 행동을 멈춘 채 눈을 반짝거렸다. 이가흔의 얼굴에 상당할 정도의 동요가 깃들어 있음을 대번에 간파해 낸 까닭이다.

유백온이 말했다.

"말씀하시오. 중대 사안이란 게 무엇인지?"

이가흔이 대답했다.

"방금 전 개방 제자로부터 전언을 받았는데, 하남성 일대에 난리가 난 것 같습니다."

"난리라면?"

"지난 일 개월간 하남성 일대의 군소문파 수십이 멸문하고 도지휘사사에 속한 관병 역시 몰살을 당했다고 하더군요. 정체불명의 대병에 의해서요. 그리고 그들은 현재 소림사가 위치한 숭산 일대에 진을 치고 있어요."

"……."

유백온의 미간이 좁아졌다. 이가흔이 전한 사안의 중대함이 그의 예상을 월등히 뛰어넘는 까닭이었다.

이가흔이 첨언했다.

"더불어 개방 제자는 방주님의 전언 역시 전했는데, 이게 제가 급하게 달려온 진짜 이유예요."

"말씀하시오."

"엽자건 대주가 현재 사문인 소림사를 구하기 위해 숭산으로 향하고 있어요. 그를 대신해 임시로 천룡영웅대를 맡게 된 남궁수 조장은 중경의 신무림맹에서 우리를 기다리고 있고요. 둘 중 누구를 선택할 건가요?"

"나는……."

유백온이 잠시 말끝을 흐렸다. 갑자기 마음이 크게 혼란스러워졌다. 이가흔이 한 말의 의도가 단숨에 파악되었기 때문이다.

목진풍이 곧바로 끼어들었다.

"사매, 하남성은 소림사만 있는 게 아니야! 우리 개방의 총타 역시 있다구!"

이가흔이 새침한 표정으로 고개를 끄덕여 보였다.

"창룡검가 역시 있지요. 그런데도 승천검군 남궁 노가주님과 우리 방주님은 사천으로 향하셨어요. 아주 대단한 노영웅들이 무림 중에 출현한 거죠."

"그야 사천으로 진격해 들어오고 있는 포달랍궁과 대법대불왕의 기세가 무서우니까……."

"그렇다고 자기 안방을 포기해요?"

눈꼬리를 치켜올리며 살벌한 안광을 번뜩이는 이가흔의 뾰족한 일갈에 목진풍이 얼른 목을 거북이처럼 움츠렸다. 언제 사부 철담협개를 변론했냐는 듯 얼굴이 완전히 겁먹어 있다. 기어들어 가는 듯한 목소리 역시 마찬가지다.

"…당연히 안방을 지켜야지! 사매의 말이 모두 옳아. 아무렴, 그렇고말고……."

"흥!"

이가흔이 나직이 코웃음을 치곤 유백온을 바라봤다. 어서 빨리 결정을 내리란 뜻이었다.

"그럼 남궁 조장은 현재 우리를 기다리고 있는 것이오?"

"그렇겠죠. 신무림맹의 후발대와 함께 남궁 노가주님의 뒤를 따라야 할 테니까요. 하지만 나는 방주님의 뒤를 따를 생각이 없어요."

"그럼?"

"유 조장이 어떤 결정을 내리든 나는 개방 제자들을 데리고 하남성으로 향할 생각이에요. 목 사형은 어쩔 거죠?"

"그야 당연히……."

"당연히?"

잠시 유백온과 팽도진의 눈치를 본 목진풍이 입가에 비굴한 미소를 담았다.

"…당연히 나는 사매와 함께할 거야. 자건 형님은 그렇다 치더라도 개방 총타가 걱정되니까 말야."

"좋아요."

이가흔이 만족스레 고개를 끄덕였다. 이로써 천룡영웅대 사익 중 하나의 이탈은 기정 사실이나 다름없이 된 것이다.

그때 유백온이 결론을 내렸다.

"나 역시 엽 대주와 소림사의 위기를 좌시할 생각은 없소. 하지만 일단 남궁 조장한테 기별을 해서 그녀의 의중을 알아봐야겠소."

"그년의 의중이 뭐 그리 중요하다고!"

"중요하오. 그녀는 여태까지 엽 대주와 함께했던 사람이니 말이오!"

드물게도 강하게 나오는 유백온의 태도에 이가흔이 앙칼진 기세를 누그러뜨렸다.

언제나와 다름없는 정론이다. 아무리 드센 성격의 그녀곤 하나 쉽사리 반박하긴 어려웠다.

유백온이 말을 이었다.

"게다가 어차피 천룡영웅대가 사천으로 가기 위해선 호북성을 지나쳐야만 하오. 호북성과 하남성은 가까우니 그전에 남궁 조장의 의중을 파악할 수 있을 것이오."

"그거 좋은 생각이로군!"

"반대하지 않겠소."

목진풍이 손뼉을 치며 소리치자 팽도진이 조그맣게 찬동했다. 어차피 사천에는 죽기보다 가고 싶지 않던 참이다. 차라리 하남성에서 벌어진 싸움에 끼어드는 편이 낫다는 생각을 한 것도 무리는 아니다.

멀어져 가는 천룡영웅대!

오랫동안 함께 싸웠던 전우들을 바라보며 척호의 호랑이를 닮은 눈빛이 담담한 기운을 발했다.

오랜만에 떠올랐다, 친구 엽자건의 얼굴이.

'무림도 아주 난장판이라지? 명줄 질기기론 둘째가라면 서러울 놈이니 걱정은 안 된다만… 좀 보고 싶기도 하군.'

솔직한 마음이다.

그에게 있어 엽자건은 소주 곤산장 시절 이래 둘도 없는 친구였다. 죽마고우(竹馬故友)였다. 그런 그와 함께했던 해월낭인대와의 싸움이 이제 슬슬 끝을 향해 달려가고 있었다. 천룡영웅대 역시 떠나가고 있고.

불현듯 보고 싶다는 생각이 든 것도 무리는 아니었다.

사내끼리의 우정.

어떨 때는 남녀 간의 사랑 이상으로 끈끈한 어떤 것이 존재하는 까닭이었다. 그게 뭔지에 대해선 설명할 방법도 없고, 하고 싶지도 않았지만 말이다.

툭툭!

주먹으로 뒷목을 몇 차례 두들긴 척호가 신형을 돌러세웠다.

곧 군회다.

근래 왜구를 소탕하며 확보한 군량미와 약탈품들의 처리에 관한 계획서를 미리 준비해야만 한다.

하남성 남소(南召).

북경을 떠난 지 삼 개월여 만에 하북성과 산서성(山西省)을 두루 거친 유대유는 지금 한 장원을 바라보고 있었다.

지독한 강행군이었다. 하북성과 산서성을 횡단하며 무려 삼십여 개가 넘는 중소문파를 거쳤고, 그중 십여 군데를 피로 씻어야만 했기 때문이다.

당연하달까?

초인에 이른 무인인 유대유의 무복은 때가 덕지덕지 묻어 있었다. 본래 백색이었던 것을 알아보지 못할 만큼 짙은 잿빛으로 변해 있었다.

하지만 유대유의 봉황안의 봉황안은 무심 그 자체였다. 무위자연의 도리를 깨우쳐 대자연기를 사용할 수 있게 된 덕분에 강행군의 노독이 전혀 겉으로 드러나지 않고 있었다.

'마천! 정말 대단하구나. 지난 삼 개월간 줄곧 뒤를 밟았는데도 고작 이런 하부 조직밖엔 발견할 수 없다니⋯⋯.'

우연찮게 알게 된 마천의 존재.

북경을 떠나며 유대유는 반드시 뿌리를 뽑아야겠다고 마음먹었다. 그들이야말로 현 중원의 안팎을 혼란 속에 빠뜨리고 있는 악의 온상이라 여겼다.

그런데 그게 생각만큼 쉽지 않았다.

북경에서부터 시작된 추격은 곧 한계에 부딪쳤다. 마천은 철저하게 점조직화되어 있었고, 하부 조직을 아주 쉽게 잘라 버렸다. 절대 상층부에까지 위험이 도달하지 않는 구조를 철저하게 지키고 있었다.

그 결과 유대유는 삼 개월이 넘도록 중원의 외곽을 돌아다녀야 했고, 몇몇 문파들과 씻을 수 없는 은원을 맺었다. 마천의 간자들 중 문파의 중요 인물들이 다수 포함되어 있었기 때문이다.

곧 마천의 반격이 시작되었다.

상층부에서 꼬리를 잘리기 전 그들은 하나둘 연합을 하더니 추격자인 유대유를 독하게 공격해 왔다. 정면으로 공격하고, 뒤에서 암격하고, 독을 풀고, 인질극을 벌이며 정신과 육체 모두를 공략했다. 어떻게든 유대유에게 타격을 가하기 위해 모든 역량을 가했다.

그게 바로 십여 개 문파의 몰살이었다.

사람이 생각할 수 있는 거의 모든 종류의 공격을 이겨내는 과정에서 유대유는 원치 않는 도살극을 벌여야만 했디. 근 백여 년간 등장한 어떤 마두보다도 더 많은 인명을 살상하고 피의 강을 넘을 수밖에 없었다.

심약한 자라면 절대 견딜 수 없었으리라!

정상적인 사람이라면 구토와 함께 자기 혐오에 빠져 발길을 돌려세웠을 것이다. 정신적인 고통을 결코 참아낼 수 없었을 터이기 때문이다.

유대유는 그 모두에 포함되지 않았다.

그는 강철같은 의지로 모든 역경을 뛰어넘었다.

그리고 지금 가까스로 붙잡은 꼬리 중 하나인 남소제일의 문파라 불리는 유운장(流雲莊)을 눈앞에 두고 있었다. 하부 조직이라곤 해도 꽤나 큰 건수임이 틀림없었다.

꿈틀!

문득 잠시 상념에 젖어 있던 유대유의 검미가 가벼운 움직임을 보였다. 그의 몸 주변을 자유롭게 떠다니고 있던 대자연기를 자극하는 이물감을 느낀 까닭이다.

'또다시 꼬리를 자른 것인가?

이물감의 정체!

근래 몇 차례에 걸쳐 경험한 바 있었다. 북경의 한 고택을 묵룡천뢰곤으로 날려 버릴 때와 다름없이.

스으!

유대유의 신형이 갑자기 공중으로 날아올랐다.

그다지 빠르지 않은 속도이나 유운장의 내부를 확인하기엔 충분한 높이까지 신형을 띄워 올렸다. 그리고 가볍게 찌푸려진 유대유의 눈살.

그의 예상대로였다.

삽시간에 파악한 유운장의 내부는 엉망이었다. 난장판이었다. 꽤나 많았던 식솔들 모두가 도륙당해 피바다 속에 누워 있었고, 단 한 명의 생존자도 남아 있지 않았다. 마천은 또다시 꼬리를 잘라 버린 것이다.

아니다. 그렇지 않았다.

놀랍게도 피바다 속에서 유대유는 미약하나 분명한 호흡 하나를 건져 냈다. 여태까지 마천으로부터 꼬리가 잘린 문파에서 단 한 번도 없던 경우다.

스파앗!

천신처럼 하늘에 떠올라 있던 유대유의 신형이 일순 급강하했다.

천공에서 병아리를 발견한 매와 같다.

그는 단숨에 유운장 내부로 떨어져 내렸다. 여전히 익숙해지기 어려운 짙은 피비린내를 무릅쓰고서였다.

"쿨럭!"

유운장주 유운귀검장(流雲鬼劍掌) 유철웅의 입에서 핏물이 터져 나왔다.

막혀 있던 혈류가 통하며 벌어진 일!

급격하게 핏기가 돌기 시작한 그의 얼굴을 묵묵히 지켜보고 있던 유대유가 빠르게 질문했다. 대자연기로 생기를 불어넣어 준 유철웅의 정신력이 그리 오래 버틸 수 있을 것 같지 않았기 때문이다.

"귀 장을 몰살시킨 자들의 정체를 알려주시오."

"그, 그대는……."

"유대유요."

"…곤왕?"

"그렇소."

유철웅의 동공이 크게 확장되었다.

그 역시 한 지역을 장악하고 있던 절정고수이자 무림인이다. 어찌 천하무쌍이라 불리는 유대유의 성망을 모를 리 있겠는가.

꽈악!

유철웅이 초인적인 힘을 발휘해 호흡이 닿을 듯 가까운 유대유의 손목을 붙잡았다. 미세한 떨림 속에 격렬한 증오심이 전달되어져 온다.

"아, 아들놈이오! 내 못난 아들놈이 외적과 야합해서 본 장의 모든 식솔을 몰살시켰소!"

"외적의 정체가 마천이오?"

"그, 그걸 어떻게?"

"마천의 뒤를 쫓다 보니 이곳까지 오게 되었소. 그들에 대해 아는 것을 모두 말해주시오."

"그, 그러니까 그것이……."

더듬거리며 말을 잇던 유철웅의 눈이 갑자기 홰액 돌아갔다. 눈의 검은 동자가 거꾸로 뒤집히더니, 백색 광채를 뿜어내기 시작한 것이다.

'사공(邪功)?'

유대유의 봉황안이 가볍게 찌푸려졌다. 마천의 뒤를 쫓는 동안 이와 같은 상황을 한두 번 경험한 게 아니다. 그냥 두고 볼 생각이 있을 리 만무하다.

파파파팟!

일순 유대유의 몸에서 일어난 대자연기가 유철웅의 전신을 에워쌌다. 그의 몸속에서 발동된 마천의 사공을 강제적으로 밀어내기 위함이었다.

그러자 과연 효과가 있었다.

방금 전까지 사공에 종속되어 가고 있던 유철웅의 눈이 다시 검은 동자를 찾았다. 유대유의 대자연기가 만들어낸 기적이라 할 수 있겠다.

"그대는 이미 마천의 사공에 당한 상태요. 곧 죽게 될 터이니, 여한을 남기지 마시오."

"끄으으으……."

유철웅의 입에서 듣고 있기 힘든 괴음이 흘러나왔다. 억지로 제압당한 사공의 영향이 아직 남아 있는 듯하다.

그러나 곧 상황이 바뀌었다.

마음 깊숙한 곳에 화인처럼 파고든 유대유의 말에 의해 이지를 회복한 그가 몇 차례 입술을 달싹인 후 숨을 거뒀다. 보통 사람의 청각이라면 결코 알아듣지 못할 만큼 작은 목소리를 마지막 기력을 모조리 쥐어짜 내뱉은 것이다.

잠시 후.

거진 백 년이 넘게 남소 지역에서 영화를 누렸던 유운장 전체가 거대한 화염 속에 파묻혔다.

마천이 남겨놓은 사공의 영향!

장주 유철웅에게만 국한된 것일 리 없다.

그가 숨을 거둔 후 몰살된 채 방치되어 있던 유운장 정체가 귀역으로 바뀌었다. 강시로 변한 시체들이 날뛰고 온갖 종류의 독물과 마물들이 무차별한 혼돈을 만들어냈다. 추격자 유대유에게 마천이 남겨놓은 선물이 모습을 드러낸 것이다. 여태까지와 마찬가지로 그리 오래가진 못했지만 말이다.

문득 자신에 의해 두 번째 죽음을 경험해야만 했던 유운장의 무고한 인명을 위해 잠시 묵념을 해 보인 유대유의 봉황안에 담담한 안광이 담겼다.

'역시 마천의 중요 요인들은 빠르게 한곳으로 모여들고 있다. 그리고 그곳은 숭산. 소림사를 제거할 작정인 것인가? 하지만 어째서 지금이란 말인가?'

숭산 소림사!

천하무림에 욕심이 있는 자들이라면 반드시 뛰어넘어야만 하는 존재다. 결코 그냥 지나칠 수 없다.

유대유가 궁금한 건 어째서 지금 갑자기 소림사를 치냐는 것이었다. 북경에서의 일이 어그러진 직후 강적인 자신이 추격에 나선 이때에 말이다.

음모의 냄새, 어느 때보다 진하다.

하지만 유대유는 포기할 수 없었다. 아예 그런 생각조차 들지 않았다. 마천의 뒤를 추격하며 겪은 연이은 참상 속에서 더욱 그들을 끝장내야겠다는 의지를 굳힌 까닭이었다.

슥!

유대유가 신형을 돌려세웠다. 다시 추격을 시작하기 위함이었다.

유운장.

끝이 없을 듯하던 불길이 점차 잦아들고 있었다. 이젠 탈 것이 다 타서 더 이상 불씨에게 밥을 줄 것이 남아 있지 않게 된 것이다.

그때 갑자기 땅이 들썩이더니, 한 명의 고목 같은 인상의 괴인이 모습을 드러냈다.

대자연기를 다루는 유대유조차 속인 지둔술.

그럴 수밖에 없겠다.

괴인에게선 한 점의 생기(生氣)도 느껴지지 않았다. 마치 죽은 시체나 다름없었다.

목령사귀(木靈邪鬼)!

북경에서 유대유가 일소했던 만시귀자와 같이 마천의 오대마물 중 하나다. 또한 혼자서 수십 구의 만시귀자 전체와 동일한 위치를 차지하고 있기도 했다.

"좋아."

문득 뜻 모를 소리를 내뱉은 목령사귀가 손을 뻗어 희귀한 황금색 두더지를 안아 들더니, 몇 마디 알아들을 수 없는 말을 지껄였다.

끼익!

두더지는 알아들은 듯하다.

길게 한마디 대답을 하더니, 땅속으로 뛰어들어 가 섬전처럼 사라져 버린다.

목령사귀 역시 마찬가지다.

잠시도 황금 두더지를 살피지 않고 다시 땅속으로 파고들어 갔다, 마치 집으로 돌아가는 것처럼.

*   *   *

북경을 떠난 지 보름쯤 지났을까?

남은 소림사 속가제자들을 집결시키기 위해 먼저 떠나간 종경과 헤어진 엽자건은 송지하와 함께 빠르게 남하 중이었다. 평상시와 달리 경공에 전력을 다한 탓에 천리준마를 탄 것만큼 빠르게 이동할 수 있었다.

후비적!

앞서 달리고 있던 엽자건이 갑자기 귀를 소지로 후볐다.

귀가 가렵다. 아주 가렵다.

필경 누군가 자신에 대해 마구 떠들고 있음이 분명하다. 적어도 관계는 있는 얘기가 오가고 있을 터였다.

'욕은 아니겠지?'

내심 걸리는 바가 한두 가지가 아니다. 그래서인지 문득 머릿속을 장악한 생각이 끊임없이 꼬리를 문다.

전력으로 달리는 와중임에도 여유랄까?

이 생각 저 생각을 마음껏 할 수 있으니, 무공이 상승한 덕을 톡톡히 보고 있다고 할 수 있겠다. 분명 그랬다.

그때 그의 뒤를 거의 죽기 살기로 따르고 있던 송지하가 갑자기 버럭 소리를 질렀다. 목소리 속에 숨넘어가는 소리가 꼴딱거리며 들려온다.

"사, 사부님, 잠시만 걸음을 멈추시지요!"

"왜?"

"헉헉, 일단 멈추고서 대화를 나누면 안 될까요, 우리!"

"……."

엽자건이 귀찮게 한다는 표정과 함께 한줄기 바람이나 다름없던 신형을 멈춰 세웠다.

북경을 떠난 후 처음 있는 일이다.

덕분에 중간에 식사까지 줄곧 달리며 해결해야 했던 송지하가 땀으로 범벅이 된 얼굴로 바닥에 털썩 주저앉았다. 준수하고 멋스럽던 과거의 모습 따윈 이미 찾아보기 어렵다. 아주 상거지 꼴이나 다름없는 몰골이 됐다.

"아이고, 죽겠다!"

"⋯⋯."

송지하가 벌러덩 대 자로 뻗었다. 사람들이나 말들이 적지 않게 오가는 관도 위임을 감안하지 않고 아예 땅 위에 몸을 부벼댄다.

잠시 그 광경을 지켜보던 엽자건이 얼핏 눈에 천살지기를 담았다. 의도적인만큼 아주 위협적이다.

벌떡!

그러자 송지하가 얼른 몸을 팅겨 일어났다. 등에 용수철이라도 단 것 같다.

"사부님, 절 죽일 작정이십니까?"

"나, 아무것도 안 했다."

"방금 전에 그 괴상한 기운을 날려서 제 심맥을 공격하셨잖아요!"

방방 뛰며 소리치는 송지하에게 엽자건이 다시 천살지기를 날려보냈다. 방금 전 것이 맛보기였다면 이번에는 거의 심즉살에 가까울 강도다.

움찔!

갑자기 안색이 창백해지고 몸이 뻣뻣해진 송지하가 덥지도 않은 날씨에 땀을 뻘뻘 흘리며 연신 허리를 굽신거렸다. 제발 목숨만 살려달라는 모양새다.

그제야 슬그머니 천살지기를 거둬들인 엽자건이 송지하의 얼굴에 불쑥 내민 손가락을 까닥거려 보였다. 어서 본론을 털어놓으란 뜻이다.

"크흠, 큼. 사부님, 우리 인간답게 하남성으로 가면 안 되겠습니까?"

"어떻게?"

"품위있게 마차를 타고서 밥도 먹고, 잠도 충분히 자면서 가자는 말입니다."

"나 돈 없다."

"돈 같은 건 필요없습니다!"

"설마 마차를 강탈하자는 건 아닐 테지?"

"설마요!"

갑자기 잡극에서나 볼 법한 과장된 행동을 해 보인 송지하가 눈을 반짝이며 말을 이었다.

"제 계산에 의하면 한식경이 지나기 전에 마차 한 대가 이쪽으로 달려옵니다. 방향으로 볼 때 한동안은 우리 두 사제가 신세를 질 수 있을 듯하고요."

"그걸 어떻게 확신하는 거냐?"

"새벽에 지나친 객점에 세워져 있는 걸 봤거든요. 게다가 그 마차에는……."

"예쁜 여자도 탔더냐?"

"…그리 예쁘진 않습니다만 나름 반반한 중중 급과 중하

급의 처자 두 명이 있더군요. 행색을 보면 어디 부잣집의 첩과 시비 차림이긴 한데, 냄새가 조금 나더라구요."

"냄새?"

"어느 부잣집의 여인네가 변변찮은 호위무사 하나 없이 마차를 타고 출행에 나섰겠습니까? 분명히 무림과 관련이 있는 여자들일 겁니다. 남에게 대놓고 드러내지 못할 사연을 가졌을 가능성이 높고요. 게다가 그녀들은 머리를 박박 깎은 비구니들도 아니니까 우리가 살짝 동승을 한다 한들 나쁠 것이 없지 않겠습니까?"

'이 녀석, 산서성에서 항산에 들르지 못하게 한 걸 여태까지 마음에 두고 있었구나!'

항산에 위치한 항산검파!

비구니와 수도하는 여자들로 이뤄진 문파로 꽤나 유명하다. 송지하는 산서성을 지날 무렵 계속해서 그곳에 들러서 원병을 요청하자고 강력하게 주장했으나 엽자건에게 단칼에 거부당했다. 비구니나 수도승을 건들면 향후 십 년 동안 재수가 없을 거라는 말과 함께.

내심 송지하의 만만찮은 뒤끝에 고소를 지어 보인 엽자건이 천천히 고개를 끄덕였다. 계속 관도를 달리는 것도 모양새가 그리 좋지는 못하단 생각이 든 까닭이다.

"추진해 봐."

"오예!"

송지하가 괴성에 가까운 환호성과 함께 바람같이 신형을 날려갔다. 마차가 도착하길 기다리다 엽자건의 마음이 바뀔까 봐 미리 말뚝을 박은 것이다.

잠시 후.

거짓말같이 송지하가 마차와 함께 엽자건에게 돌아왔다. 정말 여자에겐 놀랍도록 강하다.

탁!

재빨리 마차 문을 열고 밖으로 뛰어나온 송지하가 빙글거리며 엽자건에게 허리를 숙여 보였다. 입가 가득 번져 있는 능글거리는 미소와 달리 태도가 사뭇 정중하다.

"공자님, 어서 마차에 오르시지요. 중간에 마음씨 착하고 미모가 출중한 대가 댁의 천금소저를 만나게 되어 잠시 신세를 질 수 있게 되었습니다."

"공자님?"

"공자님도 참! 북경 대학사 댁의 이공자님께서 하남성 소림사로 공부하러 가시는 게 무슨 큰 비밀도 아니지 않습니까?"

"......."

엽자건이 송지하의 능치는 말에 내심 고개를 가로젓곤 마차에 올랐다.

남녀유별(男女有別)?

송지하가 나선 이상 그런 건 전혀 상식으로 통용되지 못했다. 그를 맞는 두 여인의 따뜻하고 호의에 찬 눈빛이 그 점을 확실시해 주고 있었다.

[항상 생각하는 거지만, 넌 어떻게 이리 여자한테 강한 거냐?]

[사부님만 하겠습니까?]

[나?]

[최고의 미녀만 상대하시지 않습니까? 환월이란 인자 아가씨는 정말 제가 본 최고로 가치 높은 미녀였습니다.]

송지하의 느물거리는 전음에 엽자건이 내심 한숨을 내쉬었다. 환월에게 은근히 집착하는 모습이 거슬리긴 했으나 잠시 참아주기로 했다. 여자들이 앞에 있었기 때문이다.

엽자건이 맞은편에 자리 잡자 이십대 초반가량의 지체가 높아 보이고 연분홍 궁장의를 걸친 여인이 입을 열었다. 대가댁의 천금소저라 지칭된 여인임이 분명하다.

"제 이름은 연해월이라 합니다. 부모님의 평안과 건강을 기원하기 위해 명산대찰(名山大刹)을 돌아다니며 불공을 드리고 있는 중입니다."

"과연 효녀십니다!"

송지하가 얼른 끼어들었다. 엄지손가락을 불쑥 내밀어 보이는 모습이 자못 경망스럽다.

"킥!"

연해월 옆에 앉아 있던 녹색 시비 차림의 십육 세가량의 소녀가 참다못해 입을 가리고 웃음을 터뜨렸다. 옷차림이나 신분의 차이를 생각하더라도 연해월보다 더 귀엽고 예쁜 인상의 아가씨였다.

송지하가 얼른 인상을 써 보였다. 물론 입가에 여전히 짓궂은 미소를 담은 채다.

"욘석, 시비가 웃음도 경망스럽다!"

"죄, 죄송합니다."

"죄송한 걸 알면 먼저 자기소개를 하는 게 도리지 않느냐? 나는 상관없지만 우리 공자님은 아주 지체가 높으시고 훌륭하신 분이란 말이다!"

"……."

연이은 송지하의 지적에 소녀가 다시 손으로 입을 가렸다. 여전히 얼굴 가득 장난기를 담은 그의 모습에 웃음이 멈추지 않는 것 같다.

보다 못한 연해월이 살짝 질책했다.

"소하야, 어찌 그리 웃음을 참지 못하는 것이냐? 북경 고관댁의 자제 분 앞에서 날 망신 주려는 건 아닐 테지?"

"죄, 죄송합니다."

연이어 사죄를 해 보인 소하가 송지하에게 살짝 눈을 흘기곤 엽자건에게 인사했다.

"공자님, 저는 소하라고 합니다. 해월 아가씨의 시비이자 호위무사랍니다."

"호위무사?"

"예, 제가 이래 봬도 웬만한 사내 몇 명은 한 방에 보내 버릴 만큼 무공을 익혔거든요. 물론 공자님의 호위무사이신 분하곤 비교가 안 되겠지만 말예요."

기운찬 말과 함께 소하가 여전히 놀리는 표정을 포기치 않고 있는 송지하에게 다시 눈을 흘겼다. 그가 꽤나 신경 쓰이는 모양이었다. 여느 여자들처럼 말이다.

'먼저 손속을 겨뤘군. 하긴 그러니까 이리 쉽게 외간 사내들을 마차에 태운 것일 테지만. 아니, 그보다는 다른 의도를 가지고 내게 접근했다고 보는 게 더 맞으려나?'

내심 고개를 끄덕인 엽자건이 연해월과 소하를 향해 정중한 표정으로 말했다.

"본인은 엽자건이라 하오. 지하가 말한 것처럼 북경 대학사 댁의 이자(二子)이나 지금은 객(客)의 신분이니 편히 대해 주시면 좋겠소."

"하지만 세상에 법도가 있는데 어찌 그럴 수 있겠습니까? 공자님께서는……."

"노독에 피곤해서 잠시 쉬겠소. 무례를 용서해 주시기 바라오."

"……."

엽자건이 건성으로 양해를 구하곤 눈을 감아버렸다. 이후의 일은 송지하가 알아서 처리하란 무언의 명령이었다.

당연하달까?

일시 마차 안에 침묵이 흘렀다. 엽자건에게 지극한 관심이
있던 연해월과 소하의 시선이 일제히 송지하를 향했다. 그에
게 모든 책임을 묻고 있음이었다.

"아하하하!"

송지하가 뒤통수를 긁적이며 어색한 웃음을 터뜨렸다. 엽
자건의 일방적인 행동으로 인해 그의 입장이 아주 난감해져
버리고 만 까닭이었다.

쿡! 쿡쿡!

엽자건의 옆구리를 연신 팔꿈치로 찌르며 송지하가 인상
을 살짝 긁어 보였다. 몰래 전음까지 발휘한다.

[사부님, 어째서 이러시는 겁니까?]

[사연이 있는 여자들을 다루는 건 본래 네 전공 아니냐? 나
는 좀 쉬어야겠으니 네가 적당히 알아서 달래라.]

[하지만 그래도 이건 아니지 않습니까? 대학사 댁의 이공자
님으로서 예의를 지키셔야…….]

[나는 본래 거짓말을 싫어해. 특히 나한테 거짓말을 하는
걸 싫어하지.]

[…그, 그게 무슨 소리신지?]

[너 자신한테 자문해 봐. 그게 빠르지 않겠냐?]

엽자건의 마지막 전음에 송지하가 이마를 소매로 훔쳤다.

갑자기 진땀이 흘러내리는 것만 같았기 때문이다.

물론 착각이다.

겨울이 훌쩍 지나가긴 했으나 아직 춘삼월 전이다. 땀을 흘릴 만큼 덥지도 않았거니와 그는 한서불침(寒暑不侵)이나 다름없었다. 갑자기 이마에서 땀이 날 리 만무했다.

다각! 다각!

그때 멈췄던 마차가 다시 움직이기 시작했다. 관도 위를 방금 전처럼 빠르게 내달렸다.

第八十六章

심상수련(心想修鍊)

少林
棍王
소림곤왕

❋ 이유없이 얻은 것인만큼 그 '이유란 놈'을 찾기가 무척이나 어렵다
마치 신기루(蜃氣樓)처럼 그러했다

동행 열흘째.

마차는 계속해서 관도 위를 달렸고 엽자건의 침묵은 계속
되고 있었다. 마치 작심이라도 한 것처럼 그는 눈을 감고 동
행한 여인들과 말을 섞지 않았다. 아예 그럴 마음조차 없어
보이는 모습이었다.

그러나 송지하는 곧 그런 상황에 익숙해졌다.

언제 엽자건의 돌발적인 행동에 안절부절못했냐는 듯 그
는 곧 여인들과의 친목 다지기에 들어갔다.

그는 한시도 쉬지 않고 소하와 말다툼을 벌였고, 종종 연해
월이 둘 사이에 끼어들었다.

거의 대부분의 시간을 눈을 감고 있는 엽자건에겐 마치 세 명의 아가씨가 한 방에 모여 앉아 수다를 떨고 있는 것 같다는 생각이 들 정도의 상황의 연속이었다.

물론 엽자건은 계속 신경 쓰지 않았다.

그는 오히려 이번 기회를 황궁무고에서부터 줄곧 신경 쓰였던 부분을 탐구하는 계기로 삼고자 했다. 유대유에게 건네받은 '소림곤법총요'를 보고 갑작스레 깨달은 무형곤의 이치를 궁구하기 시작한 것이다.

'소림곤법총요에 적혀 있던 곤법 초식들과 내가 사부님께 배운 오호파천곤은 크게 다를 게 없다. 군이 다른 점을 찾자면 오호파천곤이 더욱 살기가 짙고 다수를 상대하는 데 유리한 것이랄까? 설마 그 차이인 건가?

광역 공격법!

언제 어디에서 유시가 날아들지 모를 전쟁터에서는 필수적이라고 할 수 있을 만큼 중요하다. 적게는 수백 명, 많게는 수만 명의 대병력이 얽혀드는 전쟁터에서 일대일의 비무만 하고 있을 순 없었다.

하지만 그 같은 광역 공격법은 어디까지나 오호파천곤의 일부에 불과했다. 사부 보종과 엽자건이 돌아다닌 싸움터가 항상 많은 병력이 어우러지는 전장만은 아니었기 때문이다.

벽!

또다시 엽자건의 앞을 가로막아 선다.

자금성에서 무형곤법을 얻은 직후와 다름없다. 이유없이 얻은 것인만큼 그 '이유란 놈'을 찾기가 무척이나 어렵다. 마치 신기루(蜃氣樓)처럼 그러했다.

'그렇다는 건 신기루처럼 다시 잃어버릴 수도 있다는 뜻이다. 분명 그렇다. 그러니 나는 반드시 이유를 찾아내야만 한다. 그러지 않고선 절대 그때 자금성에서 봤던 곤왕 선배에게 다가갈 수 없을 테니까.'

엽자건은 유대유를 떠올렸다.

느닷없이 괴물 같은 가정제에 맞서 양패구사한 그의 말도 안 되게 멋있던 모습을 머릿속에 그려냈다. 구현해 냈다. 근래 절대지경의 깨달음으로 얻은 심상수련법(心想修鍊法)을 확실하게 써먹었다.

유대유!

엽자건의 머릿속에 등장한 그는 위풍당당하게 무형의 곤을 만든 채 가정제를 노려보고 있었다. 당장에라도 맞은편에 서 있는 가정제를 박살 낼 것 같은 기세다.

물론 가정제 역시 대단했다. 압도적이었다. 어떤 면에선 유대유를 능가하는 패도적인 기세를 마구 쏟아내고 있었다. 장난이 아닌 기세다.

잠시뿐이었다.

엽자건의 의지에 의해 가정제가 뿜어내던 압도적인 기세는 곧 잦아들었다. 유대유가 만들어낸 무형의 곤에 그의 신경이 집중된 까닭이었다.

그래서일까?

가정제와 얽혀들어 간 유대유의 무형곤은 당시와 달리 아주 느리게 움직였다. 세세한 변화를 하나도 빠짐없이 엽자건의 앞에서 풀어내 보였다. 그것도 반복적으로.

덜컹!

거의 무아지경에 빠져 있던 엽자건은 마차의 요동과 함께 심상수련법이 만들어낸 환영 속에서 빠르게 벗어났다.

일반적으로 내공 진기를 움직여서 운기하는 것과 확연히 다른 점이 바로 이 같은 자유도였다. 수련의 중간, 가장 중요한 절정의 순간이라 할지라도 언제든 외부의 충격이나 스스로의 의지에 의해 현실로 빠져나올 수 있었다.

눈을 뜬 그에게 송지하가 얼른 얼굴을 들이밀었다. 표정이 자못 심각해져 있다.

"사부님, 정신이 드셨습니까?"

"나는 처음부터 정신을 잃어버린 적이 없었다만?"

"시체나 다름없이 하루를 꼬박 보냈거든요!"

"그랬나?"

"예!"

단호한 대답과 함께 송지하가 눈을 번뜩였다. 언제나처럼 다른 꿍꿍이가 있는 게 분명하다.

"관군들에 의해 길이 막혔습니다."

"관도를?"

"생각했던 것보다 후금의 병력이 아주 무지막지하게 하남 성을 쓸고 지나간 것 같습니다. 지방군을 통솔하는 도지휘사 사의 주력이 무너졌으니, 주변의 크고 작은 성시의 치안을 담당하는 병력들이 포정사(布政司)와 안찰사(按察司) 휘하로 모여들고 있지 않겠습니까? 물론 북경의 병부 쪽에도 전령을 보내긴 했을 테지만……."

"중간에 제거당했겠지."

"후금 황천기주가 바보가 아니라면 분명 그리했을 겁니다. 그런데 한 가지 이상한 점이 있습니다."

"어째서 도지휘사사의 정예 병력을 박살 내고서 다른 잡병들이 모여드는 걸 사전에 차단하지 않았느냐는 점?"

"그렇습니다. 이런 수준의 잡병이라면 아주 수월하게 각개 격파할 수 있을 텐데요."

"이런 수준의 잡병이니까."

"예?"

의아한 표정이 된 송지하의 이마를 엽자건이 식지를 뻗어 한차례 두들겨 주곤 품에서 금패 하나를 꺼냈다.

양각되어 있는 제비!

바로 당대 최고의 권력가라 할 수 있는 연평왕의 상징이다.

"이건……."

놀란 표정이 된 송지하에게 엽자건이 금패를 내주며 명령했다.

"이걸로 잡병들을 처리해라. 아마 백부장 급 이상의 장령을 불러 보여주면 바로 길을 터줄 거다."

"이런 건 언제 챙기셨습니까?"

"연평 왕야와 강제로 의형제를 맺을 때."

"아하!"

나직이 탄성을 터뜨린 송지하가 얼른 마차 밖으로 뛰쳐나갔다. 언제 난감한 표정을 지었냐는 듯 얼굴 표정이 아주 밝고 자신만만하다.

'역시 대학사와 예전과 같은 관계로 돌아가진 못했군. 하긴 한번 깨진 신뢰 관계가 다시 회복된다는 건 결코 쉬운 일은 아닐 테지…….'

엽자건이 내심 고개를 끄덕이고 다시 눈을 감으려 할 때였다.

덜컥!

먼저 밖으로 나가서 길을 막은 병사들과 실랑이를 벌이고 있던 두 여인 중 시비인 소하가 마차 안으로 냉큼 뛰어들어왔다. 주인인 연해월은 따로 떼어놓고서였다.

까닥! 까닥!

반대편에 앉자마자 양발을 몇 차례 흔들어 보인 소하가 불쑥 엽자건 쪽으로 다가들었다.

좁은 마차 안임을 감안해도 빠른 동작이다.

완벽한 덮침이었다.

그러나 엽자건에겐 통하지 않았다. 그는 어느새 자리를 옆으로 옮겼다. 완벽한 거부다.

소하가 발끈한 표정이 되었다.

"사내 맞아요!"

"밥이나 더 먹고 와라."

"쳇! 이래서 여자를 볼 줄 모르는 사내들이란⋯⋯."

"역용(易容) 실력도 형편없더군. 어린애 흉내는 제법이지만 말야."

"⋯엇!"

소하가 깜짝 놀란 표정이 되었다. 여전히 눈을 절반쯤 감고 있는 엽자건이 던진 말에 완전히 허를 찔린 것 같은 모습이었다.

그리 길진 않았다.

순간적으로 소하의 얼굴에 나이답지 않은 노숙함이 떠올랐다. 항상 까불거리던 표정이 사라진 것만으로 그리되었다. 아주 희한한 변화다.

"역시 대단하시군, 신무림맹의 천룡위주께서는. 아니, 소림사의 파군성(破軍星)답달까?"

"파군성?"

"파천마곤 보종의 제자가 신무림맹의 천룡위주가 되어 천하를 위진시키는 싸움을 벌이고 있는데, 별호가 생기는 건 당연한 거 아닌가요?"

"그래서 파군성이란 별호가 생겼다? 마음에 드는군."

"쳇! 정파의 태산북두인 소림사 제자가 사마외도의 대마두 같은 별호에 좋아하기는!"

"내가 본래 좀 대단하긴 하지. 적어도 하오문에서 굴러먹는 친구들한테 놀림을 당하지 않을 정도는 되거든."

"헤에! 내가 하오문에 속한 것까지 알고 있었던 건가요?"

"그것뿐이겠나? 아가씨로 모시고 있다는 천금소저보다 상위의 직급이란 것도 알고 있지. 내 쓸모없는 제자 녀석하고 처음부터 입을 맞췄다는 것도 말야."

"누가 누구하고 입을 맞췄다는 거예요! 저런 팔랑거리는 성격의 난봉꾼은 내 취향이 아니라구욧!"

"그냥 서로 내통했다고 말한 건데?"

"그, 그래요?"

"그래."

엽자건이 대답과 함께 눈을 평상시로 돌려놓자 소하가 입가에 가벼운 한숨을 매달았다. 어느새 두 볼 역시 살짝 붉은 기운이 감돌고 있다.

"에휴, 정말 잘났네."

"뭐?"

"내 취향은 그쪽이에요. 그러니까 육선문의 개하고 엮을 생각은 하지 말아요."

"헛소리는 그쯤 하고……."

"헛소리 아니에요! 처음 봤을 때부터 그쪽은 내가 확실하게 찍어놨다구요!"

"후회할 소리를."

"후회? 나는 그딴 것 몰… 까악!"

소하가 말을 끝까지 잇지도 못하고 비명을 터뜨렸다. 갑자기 그녀의 얼굴을 스치며 수라표 하나가 날아와 박혔기 때문이다. 반 치 차이도 나지 않았다. 얼굴을 완전히 망칠 뻔했다.

엽자건이 이를 살짝 드러냈다.

"그러게 내가 말했지, 후회할 소리라고."

"누, 누구?"

"질문은 내가 하도록 하지. 하남성 일대의 무림 세력들은 지금 어떻게 움직이고 있지? 하오문의 정보 수집은 이미 상당 부분 진행되었을 텐데 말야?"

"거기까지 생각한 거예요?"

"열흘. 생각할 시간은 충분했거든."

"무서운 사람!"

여전히 귀여운 투정을 부리면서도 슬며시 엽자건과의 거리를 벌린 소하가 두 볼을 부풀린 채 말을 이었다.

"하남성은 지금 난장판이에요. 중소문파들 중 십여 개가 몰살을 당했고, 개방, 창룡검가 같은 대문파들은 문외(門外)의 제자들을 있는 대로 불러들이고 있어요. 항마불장 종경 대사께서 소림사의 속가제자들을 끌어모으는 작업이 끝나면 합류할지 말지를 저울질하고 있는 것 같아요."

"일만의 정예 대병. 도지휘사사가 박살 난 상태에선 당연한 일일 테지."

"뭐, 그렇죠. 그래서 힘없고 하찮은 우리 하오문도들은 바짝 복지부동한 상태지 않겠어요? 북경 쪽에서 지원 요청이 들어와서 강북 지역 총순찰인 저 비연호리(飛燕狐狸) 소하가 나서긴 했지만 연락 도중 상당 숫자가 연락 두절이 되었어요."

'지하 녀석, 벌어놨던 돈을 이번 일에 죄다 쓴 거냐? 이 정도까지 하오문을 움직이는 데는 엄청난 돈이 들어갔을 텐데……'

하오문.

무림의 최하층민이다. 그들을 움직이는 데 막대한 금력이 필요할 것이란 점은 굳이 깊게 생각하지 않더라도 알 수 있는 일이었다.

엽자건이 침묵하는 사이 송지하와 연해월이 돌아왔다. 관도의 수비병을 물리는 데 성공한 것이다.

"어? 이 분위기는 뭐지?"

"소하야, 무슨 일이라도 있었느냐?"

거의 동시에 입을 연 두 사람을 향해 엽자건과 소하가 역시 비슷한 시기에 대답했다. 표정이 묘하게도 똑같다.

"더 이상 연기할 필요 없다."

"이년아, 다 들통났다! 그러니까 닭살 돋는 대가 댁 소저 흉내는 그만 내라!"

송지하의 안색이 살짝 굳었고, 연해월이 입가에 값싸 보이는 미소를 활짝 지어 보였다.

잠시뿐이다.

두 사람은 곧 아주 편한 얼굴이 되었다. 어찌 된 사정인지는 중요치 않다. 지난 열흘간 마차 안을 답답하게 만들었던 엽자건이 침묵을 깼으니 말이다.

다각! 다각!

그때 다시 마차가 움직이기 시작했다. 네 명의 각자 다른 얼굴을 한 남녀의 사정은 전혀 고려치 않고서.

*　　　*　　　*

휘이이잉!

봄이 오는 것을 시샘하는가?

미친 듯 불어오는 황사 바람을 넓은 소매를 들어 막고 있던 종경의 입술 새로 나직한 불호가 흘러나왔다.

"아미타불! 어찌 그들을 탓할 수 있으랴? 불법에 귀의하지 않은 중생들에게 있어 속세의 삶이란 본시 귀하고 또 귀한 것인 것을……."

그의 배후.

족히 오백 명이 넘는 숫자의 무림인들이 집결해 있었다. 모두 하남성과 인근의 성(省)에서 불러들인 소림사의 속가제자들이었다.

천하제일! 장승불패!

천하에 성세를 드높인 지 이미 천 년이란 세월을 자랑하는 소림사였다. 어찌 속가의 제자가 이것밖엔 되지 않을 수 있으랴만 급하게 불러모아야만 했다.

무공이 일정 수위에 오르지 않은 자들 역시 배제했다. 생업과 삶의 기반을 외면하지 못할 만한 상황에 처한 자들 역시 마찬가지다.

덕분에 종경은 보종과 약속한 한 달 반이란 시간을 거의 소진하고도 지금 가슴이 답답했다. 이 정도의 숫자를 가지고 일만이 넘는 후금의 대병과 정체 모를 고수들을 당적할 자신이 없었기 때문이다.

그러나 그는 곧 마음속에서 약한 마음을 거뒀다.

뒤에 묵묵히 서 있는 오백여 속가제자는 그야말로 소림혼을 지닌 자들이었다. 위대한 사문을 위해 목숨조차 아깝다 하지 않고 먼 길을 달려와 줬다. 어찌 그들이 보는 앞에서 약한 모습을 보일 수 있겠는가.

그는 허리를 꼿꼿하게 폈다. 그리고 생각했다.

'이제 믿을 것은 자건, 그 아이뿐인 것일 테지. 하지만 나역시 그냥 이대로 있진 않을 것이다.'

내심 눈을 빛낸 종경이 천천히 뒤돌아서 도열해 있는 속가제자들에게 말했다.

"이제 곧 숭산이니라! 싸움이 벌어지면 빈승이 길을 열 것이니, 마음속의 두려움을 떨치기를 바라노라!"

"우와아!"

속가제자들이 일제히 결기 넘치는 외침을 토해냈다. 사자후다, 반드시 사문 소림사를 외세의 침입으로부터 지켜내겠다는 의지가 담겨 있는.

황사 바람!

다시금 세차게 몰아치기 시작했다. 오백여 소림 속가제자가 토해낸 사자후를 쓸어 담기라도 하려는 것처럼 말이다.

＊   ＊   ＊

"마차를 버린다!"

평상시처럼 눈을 감고 심상수련에 집중하고 있던 엽자건이 명령을 내리자 송지하가 제일 먼저 반응을 보였다.

"아직 숭산과는 삼백 리나 떨어져 있는데, 벌써부터 도보로 움직이는 겁니까? 여기까지 오는 동안 특별한 적의 징후는 보이지 않았습니다만…….”

“적의 징후가 보이기 시작하면 늦는다. 게다가 먼저 수행해야 할 일도 있고 말야.”

“…….”

자신이 할 말만 끝낸 채 먼저 마차를 빠져나가는 엽자건의 모습에 송지하가 얼른 입을 다물었다. 그가 요 며칠 새 조금 바뀌었다는 생각이 들어서였다.

여전히 소녀의 얼굴을 포기치 않고 있는 소하가 얼른 송지하의 곁에 다가들었다. 눈에 교활한 기운과 함께 묘한 살기가 반짝거리고 있다.

“설마 싸움터까지 함께 가자고 하려는 건 아니지?”

“내 사부한테 반했다며?”

“반했지. 완전히 내 취향이거든. 하지만…….”

“하지만?”

“…취향인 사람이라 해서 사지까지 따라갈 순 없잖아. 얼마 전에 말했다시피 지금 숭산 일대는 완전히 전쟁터라구.”

“그걸 내가 모를 거라 생각하나?”

“알겠지. 곤왕 유 대협이 이미 그 근처로 이동한 것처럼 말야. 그런데 그를 만나서 뭘 하려고 그러는…….”

“키익!”

송지하가 손가락으로 목울대를 긋는 시늉을 해 보였다. 더 이상 말하면 죽여 버리겠다는 뜻이다.

"…아아, 이제부터 걷는 건가? 많이 걸으면 다리 굵어져서 안 되는데에. 가자, 해월아."

"예, 언니."

언제 천금소저와 시비였냐는 듯 상하가 바뀐 두 여인이 서둘러 마차 밖으로 나섰다. 그리고 곧 송지하가 깊어진 눈을 한 채 천천히 그 뒤를 따랐다.

마부 역할을 맡고 있던 하오문도를 위협해 마차를 돌려보내고 얼마 지나지 않았을 때였다.

묵묵히 관도 위를 걸어가던 엽자건이 은근슬쩍 그의 곁에 붙어 있던 소하에게 시선을 던졌다. 눈빛이 평상시와 달리 차갑게 가라앉아 있다.

"소하, 이제부터 너는 내 명령을 들어야 한다."

"내가 왜?"

"이곳은 전장이다. 이미 돌아갈 방도가 완전히 사라졌으니 살고 싶으면 내 명령을 들어야만 한다."

"헤엥, 무슨 말 같지 않은 소릴 하고 계시는 건지. 나는 당최 무식해서 못 알아듣겠는데……."

같잖다는 듯 말을 잇던 소하의 안색이 가볍게 변했다. 갑자기 마음속 한구석을 건드리는 찜찜함 때문이다.

"…설마, 벌써 추격자가 따라붙은 거야? 그래서 마차를 버리고 왔던 길로 돌려보낸 거고?"

"확인이다."

"확인?"

"이곳까지 오는 동안 우리는 별다른 방해를 받지 않았다. 숭산으로부터 고작 삼백 리밖엔 떨어지지 않은 장소인데도 말야. 적의 진중에 병법을 조금이라도 아는 자가 있다면 결코 이런 짓을 하진 않는다."

소하의 말투가 급공손해졌다.

"병법을 아는 자라면 어찌하는데요?"

"항시 진을 친 곳을 중심으로 각 백 리마다 척후조를 보내서 면밀하게 증원군이나 지원군의 움직임을 파악한다. 또한 뛰어난 무력과 각개격파 능력을 지닌 유격대를 활발히 운용해서 사전에 적의 침투를 차단해야만 한다."

소하의 표정이 심각해졌다. 마음 역시 차갑게 식었다.

"그런데 전혀 그런 일이 없으니 이상하게 생각한 거군요? 그래서 하오문의 비루한 잡배를 돌려보내 반응을 파악하기로 한 거고?"

"그는 괜찮을 것이다."

"확인이라면서요?"

"그에겐 최고의 방수가 따라붙었다. 어떤 대단한 척후조나 유격대라도 절대 상대할 수 없는 자니까 염려할 거 없다."

송지하의 표정이 환해졌다.

"그녀로군요! 그 벽안 금발의 인자 미녀!"

소하의 안색이 일그러졌다. 두 볼 역시 부풀어 올라 있다.

"벽안 금발의 미녀어?"

연해월 역시 표정이 좋지 못하다.

"그저 사내들이란! 벽안 금발에 예쁘장한 것들이라면 그냥 환장을 해대지! 사실 그년들 밤일은 그다지 못하는 것도 모르고……."

"해월아, 입 조심해라!"

"…악!"

소하의 충고는 조금 늦었다.

날카로운 비명과 함께 연해월의 뺨에서 핏물이 튀어 올랐다. 전날의 소하와 마찬가지로 허공중에서 날아든 수라표가 만들어놓은 결과물이었다.

"해월아!"

소하가 얼굴을 감싸 안은 채 쭈그려 앉은 연해월에게 놀라서 달려갔다.

사삭!

어느새 그녀의 양손에는 허벅지에 숨겨놨던 쌍단검이 쥐어져 있다. 다시 수라표가 날아들 때를 위한 대비였다.

"쌍년아! 당장 나와라! 네년 얼굴에도 열 번쯤 칼질을 해줄 테니까!"

"앞으론 입조심하라고 해라. 다음번엔 진짜로 얼굴을 못쓰게 만들어놓을 테니까.”

“이년이 무슨 개소리를 하는… 엥? 다음번엔 진짜로 얼굴을 못쓰게 만들어놓을 테니까?”

살기를 풀풀 날리고 있던 소하가 놀란 표정이 되어 여전히 얼굴을 감싸고 있는 연해월을 일으켜 세웠다. 억지로 힘을 줘서 그녀의 얼굴에서 손을 떼어내니 붉은 물이 주르륵 흘러내린다. 피치고는 조금 색깔이 엷다.

‘피 냄새도 안 나네?’

소하가 손가락 끝에 묻은 핏물을 혀로 날름 핥고는 인상을 구겼다. 주사맛이 났기 때문이다.

찰싹!

대뜸 연해월의 뺨을 때린 소하가 성질을 있는 대로 부렸다.

“이년아, 얼굴에 생채기 하나 안 났다. 무슨 비명은 그리 꽥꽥 질러대는 거냐!”

“저, 정말요? 어? 정말 아프지 않네!”

“미친년!”

뺨을 얻어맞고도 좋아하는 연해월을 바라보며 소하가 천천히 고개를 가로저어 보였다. 그녀 때문에 쌍단검까지 빼든 자신이 바보같이 느껴졌다.

그사이 엽자건의 앞에 모습을 드러낸 환월은 빠르게 보고를 올리기 시작했다. 송지하가 괜스레 옆에서 계속 얼쩡거렸으나 시선조차 던지지 않는다.

"예상하셨던 대로 십여 리 밖에서 서서히 포위망이 좁혀들고 있었습니다."

"마부는?"

"탈출시켰습니다. 눈치가 빠른 자더군요."

"네가 신경 쓸 만한 고수는 몇이나 되더냐?"

"다섯 명 안팎입니다. 대략 백 명씩 이동하는데, 수뇌급들은 무공이 제법 뛰어난 자들이었습니다. 추적술이나 포위술 역시 수준급이고요."

"수고했다."

엽자건의 치하에 환월이 잠시 고민하다 첨언했다.

"일대에 있던 마을이 죄다 불탔습니다. 아마 군량 조달을 하기 위해 약탈을 자행한 것 같습니다."

"생각보다 소림사를 점령하는 데 시간이 많이 걸렸으니까. 그나마 삼백 리 밖 정도라 참상이 덜할 것이다. 숭산 일대는 이미 지옥일 테니까. 환월!"

"예."

"하루가 가기 전에 주변을 포위해 들고 있는 유격대와 척후조의 우두머리들을 모조리 제거해라. 그리고 그들이 한데 모이는 장소를 알아내라."

"존명!"

환월이 복명과 함께 신형을 감췄다. 나타날 때와 다름없이 순식간에 그리했다.

"아!"

송지하의 입에서 아쉬움에 찬 탄성이 터져 나왔다. 설마하니 방금 전 돌아온 그녀가 이리 빨리 다른 임무를 맡게 될 줄은 몰랐기 때문이다.

멀리서 쭈뼛거리던 소하가 얼른 다가들었다. 얼굴에 깃든 표정이 꽤나 어색한 것과 달리 말투는 다시 원상복귀되어 있다.

"그럼 나는 이제 뭘 해야 하지? 나는 그다지 잘 싸우지도 못하고 밥 같은 것도 지을 줄 모르는데?"

"쌍단검을 제법 사용하는 것 같더군?"

"그냥 호신 수단이지. 세상이 좀 험악해야지."

"그거면 충분하다. 네가 할 일은 일대의 하오문도를 이용해 몇 가지 소식을 전달하는 거뿐이니까."

"날 신객(信客)으로 써먹겠다는 거야? 나는 아주 비싸다구."

"추가 비용은 지하한테 청구하면 된다."

송지하가 절규를 터뜨렸다.

"사부님!"

"좋아! 접수 완료!"

소하는 어느새 소매 속에서 작은 치부책을 꺼내 들어 금액을 적어넣고 있었다. 금 백 냥이 추가되었다.

치부책을 다시 소매 속에 쑤셔 넣은 그녀가 손바닥을 비비며 말했다.

"그래, 어디로 어떤 소식을 전달하면 되지?"

"일단은 움직인다."

"뭐?"

소하가 갑작스레 움직이기 시작한 엽자건을 벙찐 표정으로 바라봤다. 시시각각으로 돌변하는 그의 태도를 따라잡기가 꽤나 힘들었기 때문이다.

그러나 이미 청부를 받아 들였다.

또한 이곳은 이미 사지나 다름없는 공간이 되었다. 그의 뒤를 따르지 않을 수 없었다.

'뭐, 일단은 따라가 주지. 어쨌든 내 취향이니까 말야.'

소하가 내심 구시렁거리며 뒤따랐고, 송지하와 연해월 역시 마찬가지였다.

밤.

반나절 새 백오십 리를 주파한 엽자건은 밤이 될 때까지 산속에 숨어서 시간을 보냈다. 여전히 일행에게 별다른 설명을 하지 않았음은 물론이다.

야천에 빼꼼히 얼굴을 드러낸 초승달.

다른 때보다 더욱 어두워진 하늘을 올려다보고 있는 엽자건의 배후로 소하가 다가들었다. 엽자건이 먼저 입을 열 때까지 기다리다 제풀에 지쳐 버린 것이다.

"내 한 가지만 물어봐도 될까요?"

"아직이다."

"아, 거참! 그러니까 왜 이런 곳에서 시간을 죽이고 있는 거냐고……."

"지하!"

엽자건의 짤막한 부름에 송지하가 즉각 반응을 보였다. 어느새 그의 손에는 요대 대용으로 사용하고 있던 길고 가느다란 세도(細刀)가 들려져 있다.

"사부님, 동쪽과 서쪽에서 들이쳐 오고 있습니다. 제법 고수들입니다. 어딜 맡을까요?"

"서쪽이다."

"알겠습니다!"

송지하가 세도와 한몸이 되어 바람같이 서쪽으로 신형을 날렸다.

엽자건의 명령은 계속되었다.

"소하는 해월과 함께 동쪽으로 간다."

"싸우라고?"

"싸울 필요는 없다. 그냥 대충 유인을 하며 시간만 끌면 된다."

"그럼 너는?"

"당연히 최강의 고수들을 상대하지. 바꿔도 좋다."

"원래 유인하는 건 내 전문이야. 해월아, 이년아 빨랑 가자! 동쪽이다!"

소하가 연해월과 함께 동쪽으로 내달렸다. 어느새 양손에 쌍단검을 빼든 채였다. 연해월은 절반쯤 울상이었다.

그 모습을 잠시 지켜보고 있던 엽자건이 갑자기 신형을 공중으로 띄워 올렸다.

슥!

발끝으로 지축을 차자 순식간에 신형이 하늘로 떠오른다. 일시 침침한 빛만을 뿜어내고 있는 초승달에까지 닿을 듯하다. 분명 그럴 것 같다.

착각이었다.

일순 엽자건의 신형이 두 개로 분리되더니, 지축을 향해 삼절마곤을 벽력같이 내려쳐 갔다. 무상부동과 오호파천곤을 동시에 펼쳐 낸 것이다.

더불어 일어난 천번지복(天翻地覆)!

엽자건의 삼절마곤이 만들어낸 수백 개가 넘는 곤영에 땅거죽이 뒤집어졌다. 방금 전까지 평평하던 지축이 수만 개나 되는 균열을 일으키더니 삽시간에 대폭발에 휩싸였다. 완전히 지형 자체가 바뀌어 버렸다.

그 위로 엽자건의 신형이 표표히 떨어져 내렸다.

처음과 다름없다.

조금도 변한 것이 없는 모습이다.

발끝이 지표면에서 한 치가량 떠 있는 걸 제외하면.

그때 뒤집힌 땅거죽 속에서 세 명의 괴인이 모습을 드러냈다. 엽자건이 기다리고 있던 최강의 고수들이다.

'양호하군, 단 일격으로 열다섯 중 셋만 살아남았으니까. 그나마도 그다지 상태가 좋아 보이진 않고 말야.'

엽자건은 모습을 드러낸 세 괴인의 상태를 단숨에 파악해내곤 입가에 흐릿한 미소를 매달았다. 지난 십여 일간의 심상 수련으로 새로워진 오호파천곤의 초연이 꽤나 마음에 들었다.

반면 삼 인의 괴인, 마천 서열 백위권에 드는 삼살마(三殺魔)들의 안색은 딱딱하게 굳어 있었고, 두 눈에는 살기가 번뜩였다. 비록 방금 전의 일격에 적지 않은 내상을 당했으나 도주보다는 엽자건을 죽이는 데 더욱 관심이 있어 보인다.

무리도 아니다.

그들은 각기 대종교의 천잔마공(天殘魔功)과 지살마공(地殺魔功), 인흉마공(人兇魔功)을 연성한 연수합벽의 초절정고수들이었다. 비록 부상을 당했다곤 하나 엽자건을 삼재방위로 에워싼 이상 승산은 충분하다 여겼다.

그러나 바로 그 순간 엽자건의 삼절마곤이 다시 움직임을 보였다. 최초의 일격을 월등히 뛰어넘는 속도와 변화로 삼살마를 휩쓸어간 것이다.

퍽! 퍽! 퍽!

순간 삼재의 방위를 점한 상태로 특기인 합벽진을 펼치기도 전에 삼살마의 머리는 수박처럼 박살 났다.

어떠한 반응도 보이지 못했다.

삼절마곤이 움직인 순간 폭풍처럼 일어난 무형의 강기가 시위를 떠난 화살처럼 그들의 머리를 연달아 타점해 버린 까닭이었다.

털썩! 털썩! 털썩!

결국 거의 똑같은 형태로 머리통을 잃어버린 삼살마들이 시체가 되어 바닥에 연달아 무너져 내렸다. 그리고 그와 동시였다.

쇄액! 쇄쇄쇄쇄쇄액!

엽자건을 노리며 사방에서 암전들이 날아들었다.

숨어 있던 자들이 더 있었던 것이다.

물론 엽자건은 이미 거기까지 간파한 상태였다. 삼살마를 잔인하게 죽인 것은 이 같은 상황을 만들어내기 위한 의도이기도 했다.

우룽!

엽자건의 삼절마곤이 일타일게의 기세를 품고 대기를 갈랐다. 한 번뿐일 리 없다. 순식간에 수백 차례 움직임을 보였다. 날아든 암전 모두를 산산조각 내버렸다.

그것만으로 끝일 리 없다.

슥!

곧바로 지축을 발끝으로 찍은 엽자건이 순간적으로 삼절

마곤과 하나가 되었다. 송지하조차 간파하지 못할 만큼 은밀하게 숨어들었던 삼절마가 데려온 나머지 마천 고수들에 대한 사냥이 시작된 것이다.

반 시진 후.

본래의 자리로 돌아온 엽자건 앞에 송지하와 소하 등이 돌아왔다.

느긋한 표정의 송지하와 달리 소하의 표정은 가히 좋지 못했다. 계속 도망만 다녔음에도 동쪽에서 들이친 고수들한테 꽤나 심한 고생을 했음이 분명하다.

송지하가 놀리듯 말했다.

"얼굴에는 흙먼지가 가득하고 옷에는 풀물이 가득하니, 절세가인은 어디 가고 한 명의 초부 아내만 남았구나!"

"다 놀렸냐?"

"아니."

송지하의 여전한 모습에 소하가 소매에서 치부책을 다시 꺼내 들었다. 그에게 받아낼 돈의 숫자를 왕창 늘려 적기 위함이었다.

"그건 반칙이야!"

"나, 원래 반칙으로 잔뼈가 굵은 여자거든?"

"절세가인께서 그러시면 곤란하오!"

얼른 허리를 접어 보이는 송지하의 모습에 소하가 치부책을 도로 넣었다. 어차피 이미 결정된 가격이다. 왕창 올린다 해서 받아낼 수 있으리란 보장은 없다는 판단이었다. 처음부터 그냥 겁을 주려는 의도였다는 뜻이다.

그때 엽자건이 입을 열었다.

"소하, 곧바로 출발해라."

"이젠 출발해도 되는 거야? 하지만……."

"동쪽에서 오던 자들은 모두 처리됐다. 그리고 현재 숭산 방면을 제외한 근동 백 리가량에서 너희들에게 위해를 끼칠 자들은 남아 있지 않을 것이다."

"…설마, 일부러 행적을 노출시켜서 적을 끌어들인 거야?"

"병법의 기본이다."

'파군성! 파군성! 하더니, 정말 괴물 같은 자식이잖아?'

소하가 멍한 표정으로 엽자건을 바라봤다. 여태까지 그가 보인 행동이 철저하게 계산된 것임을 깨닫자 갑자기 소름이 돋았다.

"그럼 말해봐, 어디에 소식을 전해야 하는지."

"낙양성에 있는 안찰사다."

"창룡검가와 개방 총단이 아니고?"

"그들은 본래 하남성에 터를 둔 대방파다. 하오문보다 정보력이 없을 거라고 여기진 않는다."

"그, 그렇군."

엽자건이 한 말을 소하가 금세 납득했다. 창룡검가와 개방이 고민 중이란 건 맨 처음 그녀 자신이 전한 의견이기도 했으니까.

송지하가 은근슬쩍 끼어들었다.

"사부님, 동쪽으로 오는 자들을 처리한 건 그 미녀 인자 아가씨 아닙니까?"

"맞다."

"그럼 애네들 보낸 후에 모습을 드러내 함께 움직이는 게……."

"그 아이가 갑자기 살수를 펼치면 나도 막기 힘들다."

"…역시 인자는 은밀히 움직여야죠!"

곧바로 말을 바꾸는 송지하의 모습에 소하가 고개를 가볍게 흔들어 보였다.

첫 모습과는 다르달까?

절세의 미남자였던 송지하에게 가졌던 호감이 점차 엷어지고 있었다. 그의 곁에 엽자건이 있기 때문일 테지만 말이다.

'그나저나 이 남자, 진짜로 만 명이 넘는 대병하고 싸우려는 건가? 소림사가 아무리 강해도 인해전술(人海戰術)에는 도리가 없을 텐데…….'

내심 소하가 고심하고 있을 때 엽자건이 미리 준비해 놨던 서신을 그녀에게 건넸다. 낙양성에 있는 안찰사에게 보내는 것이었다.

"이것만 전하면 되는 거야?"

"그래."

엽자건의 짤막한 대답에 소하가 아쉬운 표정을 짓다 연해월과 함께 떠나갔다.

주(註)

파군성:파군성(破軍星:요광성). 북두칠성의 제7성. 흉성으로 은나라의 폭군 주왕(紂王)의 넋이 씐 별로 치부되고 있다. 천기의 출납을 관장하는 별로 군대의 총사령관 격이다. 전쟁의 승패를 좌우하는 별이며 군신(軍神)으로 모셔진다. 이 별의 정기를 받은 사람은 용감무쌍하고 사악흉포하여 커돌적이다.

第八十七章

십년지후(十年之後)

少林
棍王
소림곤왕

등봉현.

숭산이 위치한 이 자그마한 소읍은 근래 들어 무수히 많은 인마로 북적이고 있었다. 숭산 소림사를 치기 위해 집결한 후금 황천기주 휘하 정예병들의 임시 거처로 정해진 까닭이다.

그 숭산 칠십이봉 중 하나인 준극봉 정상.

서쪽으로 굽이쳐 있는 소실봉 방면을 묵묵히 지켜보고 있던 황천기주의 배후로 회의 수사가 갑자기 모습을 드러냈다. 전날 북경에서 모습을 감췄던 천기마야다.

피식!

입가에 가벼운 미소를 매단 황천기주가 신형을 돌려세웠

다. 미소와는 달리 눈빛이 무서울 정도로 차갑게 가라앉아 있다. 그리고 얼음장이나 다름없는 목소리가 뒤를 따른다.

"천기마야, 전날 내 등 뒤로 다가들지 말라고 분명히 경고했을 텐데?"

"소존주, 천하를 얻고자 하는 자가 다 늙어빠진 늙은이를 두려워하는 건가?"

"두려운 게 아니라 경시하지 않는 것이라고 해두지. 그리고 그 소존주라는 칭호, 거슬리는군."

"이젠 아예 대종교와의 묵은 인연마저 끊어버리시겠다?"

"교보다는 국가와 민족을 선택했다는 표현이 더 그럴듯하지 않나?"

"허허, 말장난 솜씨가 늘었군. 그래, 소림사는 언제쯤 불태울 수 있는 건가?"

"무상지도의 파편을 회수할 요량이 아니었다면 이미 숭산 전역은 모조리 불타서 한 줌의 재만이 남았을 것이다. 북경과의 연이 끊어진 이상 당대에 확인된 무상지도의 파편은 오로지 소림사에만 존재하고 있으니까."

"그러실 테지."

노골적인 비웃음을 감추려 하지 않는 천기마야의 태도에 황천기주의 두 눈이 살광을 뿜어냈다.

후금의 실질적인 지배자라 할 수 있는 재상!

근래 곤왕 유대유를 제외한 어떤 자도 그의 앞에서 이런 건

방진 언사를 보이지 못했다. 당장 사지가 찢겨서 개먹이로 던져질 터이기 때문이다.

하지만 황천기주는 잠시 참기로 했다.

그가 후금에서 이끌고 온 만 명의 정예병이 중원의 중심부로 몰래 숨어들 수 있었던 건 천기마야 덕분이다. 그가 조직한 마천이 있었기에 가능한 일이었다.

'소림사에 있는 무상지도의 파편과 함께 마천의 조직 또한 결국 내 것이 될 것이다. 그때까진 네놈의 역겨운 낯짝을 조금 참아주도록 하지.'

내심의 중얼거림과 함께 황천기주가 화제를 바꿨다.

"그래서 따로 생각해 둔 방도라도 있는 것인가? 소실봉으로 오르는 모든 소로에 펼쳐져 있는 서른 개의 나한진과 궁수, 암전수, 창병수들의 조합을 깰 방도 말야."

"소실봉에 불을 지르는 방도밖엔 없지 않겠나?"

"그건 이미 안 된다고 말했을 텐데?"

"소실봉에 불을 지르되, 지르지 않는 것이 되면 된다는 뜻일세."

"그게 무슨……."

천기마야를 꾸짖으려던 황천기주의 눈에 이채가 어렸다. 어느새 천기마야의 배후에 모습을 드러낸 육 인의 적포인들을 발견한 까닭이다.

'적포적안에 여섯이 하나인 듯 기세와 호흡을 완벽하게 일

치하고 있다라? 배교의 사념술사(邪念術士)들이로군.'

사념술사!

마교 이후 천하의 무수히 많은 사공이학의 종주를 자처하는 배교에서도 몇 명 없는 이인(異人)들이다. 장로 급인 그들은 각기 초절정의 고수일뿐더러 환영술 분야의 사공(邪功)에 조예가 대단히 높았다.

일당백(一當百)! 육당만(六當萬)!

혼자서 백 명을 환상에 빠지게 만들고, 여섯 모두가 모이면 만 명이라 해도 충분히 가능했다. 적당한 암시와 충격만 줄수 있다면 무수히 많은 사람들을 환상에 빠뜨려 절대 헤어나오지 못하게 만들 수 있는 것이다.

황천기주의 침묵에 천기마야가 미소로써 답했다.

"허허, 노부가 뭘 하려는 건지 대충 짐작이 가시는가?"

"사령술사 여섯이라면 소실봉 전역에 펼쳐져 있는 소림사의 방어진을 무너뜨리는 건 그리 어렵지 않겠지. 하지만 배교의 장로들을 데려오기 위해 어떤 대가를 치렀을지 궁금하군?"

"배교의 술사들이 어쩌다가 무림을 떳떳이 활보하지 못하게 되었는지 아시지 않는가?"

"무당파?"

"소림사 다음에 무당파를 함께 도모하도록 하세나. 어차피 그쪽도 한꺼번에 쓸어버려야 후환이 없지 않겠는가?"

"……."

황천기주가 침묵 속에 이를 살짝 드러내 보였다. 방금 전보다 차가움은 덜해졌으나 더욱 사람의 마음을 섬뜩하게 만드는 기운이 깃든 미소였다.

북숭소림 남존무당이라 했다. 북쪽에는 소림사가 으뜸이고, 남쪽에는 무당이 으뜸이란 뜻이다.

당연히 역사상 무림의 양대 태산북두의 문파를 제압한 건 오로지 마도천하를 이룬 절대마조(絶對魔祖)밖엔 없었다. 천마(天魔)가 만들었다고 알려진 마교의 이조(二祖)이자 마도의 절대패자라 불리는 '위대하고 존엄한 자' 말이다.

'나는 무림뿐이 아니라 천하 만민을 다스리는 황제가 될 것이다. 하지만 그전에 절대마조의 뒤를 이어 무림을 평정하는 것도 나쁘진 않을 테지.'

내심 염두를 굴린 황천기주가 천천히 고개를 끄덕여 보였다. 천기마야의 질문에 대한 확실한 답이었다.

슥!

얼핏 입가에 미소를 떠올린 천기마야가 손을 들어 보였다. 배교의 장로들이자 마천이 자랑하는 오대마물 중 일좌인 사념술사들을 본래대로 사라지게 만든 것이다.

'과연 배교는 대단하군. 아니, 천기마야가 만든 마천이 대단하다고 봐야 하는 건가? 역시 대업을 이룬 후 가장 먼저 할 일은…….'

황천기주가 생각의 흐름을 중간에서 멈췄다.

아직 멀었다.

곤왕 유대유 덕분에 후금 팔기군의 주도권을 확실히 거머쥐긴 했으나 아직 대업을 논하긴 한참 일렀다. 중원의 명제국은 차치하고 또 다른 강자인 북방의 타타르와 서장의 포달랍궁만 해도 결코 쉽지 않은 존재였기 때문이다.

황천기주가 화제를 바꿨다.

"근래 북경을 중심으로 하여 마천의 하부 조직들이 곤왕에게 연달아 박살 나고 있다 들었소. 원한다면 이번 참에 그를 없애주도록 하겠소."

"고마운 말씀. 하지만 자네가 신경 쓸 일은 아닐세."

"곤왕에 대한 대비책도 이미 세워놓았다?"

"노부가 만든 마천은 그리 약하지 않다네. 자네가 만든 후금처럼 말일세."

"기대가 되는 말이군."

"기대해도 좋을 것일세."

천기마야의 입가에 다시 미소가 떠올랐다. 여전히 속내를 전혀 읽어낼 수 없는 후덕한 표정과 함께.

*　　　*　　　*

여양(汝陽).

평상시처럼 백색 무복을 곱게 차려입은 남궁수의 얼굴은 다소 수척해져 있었다.

그녀의 무복 곳곳에 묻어 있는 핏방울.

중경의 신무림맹을 떠나 이곳까지 오는 여정이 얼마나 험난했는지를 말해준다.

그러나 그녀는 지금 입가에 미소를 띠고 있었다. 여느 때보다 훨씬 더한 아름다움이 배어 있는 눈빛과 함께였다.

전우들!

얼마 전까지 그녀와 생사고락을 함께했던 천룡영웅대가 눈앞에 있었다. 남궁수로 하여금 신무림맹을 떠나 홀로 하남성행을 선택하게 만든 전언대로 단 한 명도 빠짐없이 숭산 인근의 소도 여양에 집결한 것이다.

착!

남궁수가 애검 청류하를 거꾸로 한 검례와 함께 천룡영웅대를 향해 낭랑하게 말했다.

"형제들, 오늘 보여준 의기(意氣)에 남궁수, 먼저 감사의 인사를 올리고자 합니다!"

"남궁 조장을 뵈옵니다!"

"남궁 조장을 뵈옵니다!"

천룡영웅대 여기저기에서 우레와 같은 환성이 터져 나왔다. 본래 그녀가 이끌던 용자조는 물론이거니와 호자조와 풍자조, 운자조까지 반응이 아주 뜨거웠다.

당연하다.

용자조장인 남궁수는 천룡영웅대 전체의 여신 같은 존재다. 그녀가 손목 부상으로 인해 절강성을 떠날 때 대성통곡한 자들이 하나둘이 아닐 정도였다.

열렬한 환호성 속에 유백온이 앞으로 나섰다.

"남궁 조장, 정식으로 천룡영웅대의 지휘권을 이양하도록 하겠소."

남궁수가 고개를 가로저었다.

"그럴 수는 없습니다. 천룡위주님께서 천룡영웅대를 맡긴 사람은 유 조장이니까요."

"하지만 모용 문상에게 온 명령에 의하면……."

"모용 문상의 명에 따를 필요는 없습니다. 저나 유 조장이나 문상의 명이 아니라 스스로의 의지로 이곳에 온 것이니까요. 또한 곧 숭산이에요. 천룡위주님께서 돌아오실 때까지 계속 유 조장이 천룡영웅대를 맡는 게 순리라고 생각합니다."

"…알겠소."

유백온이 천천히 고개를 끄덕여 보였다. 그리고 문득 살짝 안색을 굳힌 채 말을 이었다.

"그런데 남궁 조장께 한 가지 양해를 받아야 할 일이 있소."

"말씀하세요."

"팽 조장에 관한 얘기요."

"그는……."

남궁수가 말을 잇다가 갑자기 신형을 가볍게 하늘로 띄워 올렸다. 운자조의 조원들 사이에 모습을 감춘 채 자신을 몰래 훔쳐보고 있는 팽도진을 발견한 까닭이었다.

더불어 일어난 눈부신 폭광!

어느새 검갑을 빠져나온 그녀의 애검 청류하가 일으킨 아릿한 검빛이다.

"크악!"

팽도진의 입에서 비명이 터져 나왔다. 어떤 반응을 보이기도 전에 남궁수가 휘두른 청류하에 얼굴 반면이 피투성이로 변해 버린 것이다.

"조장님!"

"조장님!"

운자조 중 팽도진이 팽가에서 데려온 심복 두 명이 직도를 빼든 채 남궁수에게 달려들었다.

위위구조(圍魏救趙)다.

자신들의 목숨을 도외시한 채 그들은 상관인 팽도진의 목숨을 구하기 위해 전력을 다했다. 검을 빼든 남궁수를 절대 상대할 수 없다는 걸 알고 있는 상황임에도.

빙글!

남궁수의 신형이 한 떨기 꽃잎처럼 아름다운 회전을 만들어냈다. 일시 수줍던 꽃봉오리가 화려하게 만개한 것 같다.

그런 환상이 그녀의 주변에 있던 운자조원들의 눈을 어지럽혔다. 그리 만들었다.

창! 창!

현실은 창룡육격참 중 회류망망에 산산조각 난 직도 두 자루다. 그 주인들은 이미 검기점혈을 당한 채 바닥에 나뒹굴고 있었다. 위위구조에 실패했음은 물론이다.

스륵!

다음 순간 회전을 멈춘 남궁수의 신형이 살며시 바닥에 내려섰다. 느닷없이 강력한 검공을 펼쳐 낸 것치고는 표정이 무척 평온하다.

그러자 팽도진이 피투성이가 된 얼굴을 개의치 않고 남궁수를 바라봤다. 넋이 절반쯤 날아간 것 같은 모습이다.

"나, 남궁 소저, 나는……."

"변명할 것 없어요. 당신은 방금 전 죄의 대가를 치렀으니까요. 그리고 이후에 오늘의 일을 설욕하고 싶다면 숭산에서의 싸움이 끝난 후 비무를 신청하세요."

"……."

팽도진이 입을 다물었다. 더 이상 남궁수가 전날의 추행에 대해 책임을 묻지 않을 것임을 확실히 했기 때문이다.

얼굴에 새겨 넣은 검상!

뜻하는 바는 분명했다. 절대 그날의 추악함을 잊지 말라는 징치였다.

결국 그가 고개를 떨구자 남궁수가 청류하를 거둬들였다.
자칫 수대에 걸쳐 악연으로 맺어질 뻔한 은원 하나가 종결되
는 순간이었다.

밤.

유백온에게 남궁수가 다가갔다. 내일 숭산으로 진군하기
전에 몇 가지 확인할 일이 있어서였다.

"목 조장은 개봉으로 떠난 건가요?"

"그걸 어찌 아셨소?"

"현재 천룡영웅대의 총인원은 삼백이 조금 안 되는 숫자예
요. 목 조장이 풍자조 중 개방 제자들을 상당수 데리고 개봉
으로 떠나지 않고선 있을 수 없는 일이 아니겠어요?"

"목 조장이 데려간 풍자조원의 숫자는 절반이 넘지 않소."

"그럼 나머진?"

"우리는 절강성뿐 아니라 광동성에서도 계속 왜구와 싸워
야만 했소. 희생이 없었을 리 없지 않겠소?"

"그렇군요."

수궁의 빛을 보인 남궁수가 눈에 이채를 담았다.

"그럼 현재 풍자조를 이끄는 건 이가흔 부조장인가요?"

"그렇소. 그녀는 개봉에서 온 총단의 전언을 받고도 천룡
영웅대에 남았소. 목 조장 역시 남고 싶어했으나 철담협개 방
주님을 대신해 총단을 지키고 있는 집법장로의 명을 거역할

순 없었을 것이오."

"그렇겠지요. 이염 호법님 역시 결국 철담협개 선배님의 곁에 남았고, 창룡검가 역시 근래 문도들 대부분을 복귀시켜서 방어진을 구축하는 데 전력을 기울이고 있으니까요."

"가보시지 않아도 괜찮겠소?"

"어차피 숭산에서 우리가 천룡위주님과 함께 소림사를 지키는 데 실패한다면 개방과 본 가 역시 가망이 없다고 봐야 할 거예요. 비록 개방과 본 가가 강하다곤 하나 소림사의 천년 저력과 비교할 순 없을 테니까요. 또한……."

"또한?"

"…이 같은 결론은 곧 개방의 집법장로님과 본 가의 어르신들께서도 내리시게 될 거예요."

"그럴 것이오. 우리가 엽 무상과 만나 소림사와 함께 숭산에서 선전을 벌이게 된다면……."

"이미 소림사는 충분할 만큼 선전했어요. 우리가 숭산 앞에 이를 때까지 버텨냈으니까요. 그러니 이제부터는 우리 차례예요."

"남궁 조장의 말이 옳소. 이제부턴 우리가 힘을 내야 할 차례요. 해월낭인대와 싸웠을 때처럼 말이오. 그런데 내 한 가지 물어볼 게 있소."

"말하세요."

"낮에 잠시 봤을 뿐이지만 근래 남궁 조장의 무공은 새로운 경지에 올라선 것 같았소. 내가 제대로 본 것이오?"

"사실이에요. 천룡위주님의 도움으로 오랫동안 정체되어 있던 가전무공에 약간의 깨달음이 있었어요."

"과연!"

나직한 탄성과 함께 유백온이 안색을 가볍게 굳혔다. 말투 역시 다소 경직되어 흘러나온다.

"대적과의 싸움을 앞두고 내 한 가지만 남궁 조장에게 부탁해도 되겠소?"

"저와 비무하고 싶으신 건가요?"

"그렇소. 이미 팽 조장에게 말한 것을 듣긴 했으나……."

"좋아요."

"…비무를 허락하겠다는 거요?"

"물론이에요. 유 조장 역시 근래 자신의 무(武)를 새로운 경지로 승화시킨 것 같으니까요."

"……."

유백온이 입을 다물었다.

남궁수가 말한 대로 그는 근래 천룡영웅대를 이끌고 전장을 헤집고 다니는 사이 상당한 무공의 진보를 이뤘다. 어림짐작으로만 파악하고 있던 무당 무공의 진수를 체득할 수 있었던 것이다.

그러나 그는 오늘 너무도 쉽게 팽도진에게 징치를 가한 남궁수의 무공을 보고 내심 경악했다. 거의 사라졌다고 생각했던 그녀와의 무공 간격이 오히려 더 늘어나 버렸음을 눈치챈 까닭이다.

슥!

남궁수가 가벼운 걸음으로 자리를 옮겼다. 유백온과 비무를 벌이기 위해 진중을 벗어나려는 의도였다. 두 사람의 비무를 천룡영웅대의 다른 사람들이 알아선 좋을 게 없다는 판단이었다.

유백온이 곧 그녀의 의도를 파악했다.

'그녀, 진보한 게 무공뿐은 아니로구나. 처음 만났을 때만 해도 오로지 검과 무에만 관심이 있을 뿐, 사람의 사정에는 관심조차 기울이지 않았었거늘······.'

그랬다.

전날 유백온과 검을 나눴던 남궁수에게서는 사람에 대한 배려 따윈 전혀 존재하지 않았다. 그런 것에 신경을 쓸 여유 자체가 없었기 때문이다.

지금은 다르다.

그녀는 자신에게 음심을 품었던 팽도진을 가벼운 징치만으로 용서했고, 비무를 요청한 유백온마저 배려하고 있었다. 사람 자체가 완전히 달라졌다고 봐도 무방하겠다.

그사이 남궁수는 어느새 저만치 앞서 걸어가고 있었고, 곧 유백온이 뒤따랐다.

강북을 대표하던 두 명의 후기지수.

몇 년이란 세월을 뛰어넘어 다시 검을 맞대려 하고 있었다.

"지랄을 한다! 지랄을 해!"

호리병에 담겨진 독주로 홀로 자음자작하던 이가혼이 나직한 투덜거림과 함께 콧잔등에 주름을 만들어 보였다.

큼지막한 나뭇가지에 편하게 몸을 기댄 자세.

한쪽 다리가 바닥을 향해 까닥거리고 있다. 살짝 달아오른 얼굴과 함께 다소 위태로워 보이는 모습이다.

물론 그녀를 아는 사람이라면 그 같은 걱정을 할 필요는 없다. 어떤 독주라도 두주불사(斗酒不辭)하는 터에 나무에서 낙상할 이유가 없는 까닭이다.

더군다나 현재 그녀의 시선이 멈춰 있는 장소에선 연신 칼바람이 불고 있었다. 두 명의 절세검객이 어우러져 요사스러울 만큼 아름다운 검무를 나누니, 무공을 조금이나마 아는 자라면 정신이 번쩍 들지 않을 수 없을 터였다.

꿀꺽!

이가혼 역시 무인이다.

눈앞에서 펼쳐지고 있는 두 검객의 검무에 담긴 심원한 무리(武理)에 마음이 크게 동했다. 입에서 되는대로 투덜거림을 내뱉은 것과는 달리 갈수록 눈빛이 초롱초롱해지고 있었다.

'저것들 정말 대단하잖아! 완전히 날아다니는데? 목 사형의 무공이 근래 꽤나 많이 진보하긴 했지만 절대 저 둘을 뛰어넘진 못할 것 같은걸?

문득 자신의 만류를 뿌리치고 개봉으로 달려간 목진풍을 떠올린 이가흔의 아미가 잔뜩 찌푸려졌다.

평생 처음으로 목진풍이 자신의 명령을 거역한 게 아주 마음에 들지 않았다. 비록 방 내에서 가장 엄한 성품을 지닌 집법장로의 명에 의한 행동이었지만 말이다.

'흥! 언제는 날 위해 목숨이라도 내놓을 수 있을 듯 행동하더니, 모두 헛소리에 개소리였던 게지! 다음에 다시 내 앞에서 알랑거리기만 해봐라!'

목진풍을 떠올리자 기분이 더욱 나빠진 이가흔이 다시 호리병을 입에 가져갔다. 술이 급격하게 땡긴다. 근래 보기 드물 정도로 아주 많이.

그런데 그녀의 입으로 향하던 호리병이 갑자기 멈춰 버렸다. 멀지 않은 곳에서 펼쳐지고 있던 화려한 검무가 멈춘 것과 동시의 일이었다.

'저놈들은 분명 개방 거지가 분명한데……'

이가흔은 눈에 이채를 발한 것과 동시에 몸을 기대고 있던 나뭇가지를 박차고 뛰어내렸다. 언제 술에 잔뜩 취해서 누구든 붙잡고 꼬장을 부리고 싶었냐는 모습이다.

챙!

한차례 부딪침을 끝으로 검을 거둔 남궁수가 안색이 크게

상기되어 있는 유백온에게 담담한 눈빛을 던졌다. 처음 청류
하를 빼들었을 때와 다름없이 별다른 호흡의 변화가 느껴지
지 않는다.

"잠시 멈추도록 할까요?"

"이제… 되었소."

남궁수와 달리 여전히 검에 담긴 힘을 거두지 못하고 있던
유백온의 목소리가 가벼운 떨림을 보였다.

그럴 수밖에 없다.

방금 전까지 그는 고사(枯死)되어 가고 있었다. 남궁수의
창룡육격참에 말리든 태극혜검의 검기를 유지하기 위해 극단
적일 정도의 진기 소모를 감수해야만 했기 때문이다.

반면 눈앞의 남궁수는 태연, 그 자체다.

마치 방금 전 검을 뽑아 든 것이나 다름없어 보인다. 더 이
상 검을 나눌 마음이 사라진 것도 무리는 아니다.

'그녀는 줄곧 날 봐줬다. 여기서 계속 승부에 집착하는 건
군자의 도리가 아닐 것이다.'

내심 고개를 가로저은 유백온이 정중한 검례와 함께 검을
회수했다. 여전히 얼굴은 상기되어 있으나 목소리의 떨림은
잦아들어 더 이상 보이지 않는다.

"이번 역시 내 패배요. 그러니 향후 십 년 동안 남궁 소저
에게 도전하지 않을 것이오."

남궁수 역시 검례와 함께 청류하를 거둬들었다. 미미한 미

소가 언뜻 입가에 머물러 있다.

"십년지후(十年之後). 기꺼운 마음으로 기다리고 있겠습니다. 오늘 유 조장이 보인 무(武)는 어느 때보다 강하고 아름다웠으니까요."

"……."

유백온이 침묵 속에 강한 눈빛으로 대답을 대신했다. 그러자 그에게 한차례 미미하게 고개를 끄덕여 보인 남궁수가 천천히 신형을 돌려세웠다.

그때 저 멀리 어둠 속에서 보기 드물 정도로 늘씬한 몸매를 자랑하는 이가흔이 바람같이 달려왔다. 어느새 천룡영웅대의 야영지로 향하던 개방 제자를 만나고 돌아온 것이다.

"어랏? 벌써 끝난 거야?"

"남의 비무나 연공을 훔쳐보는 행동은 나쁜 겁니다."

"시끄럽고! 칼싸움 놀이 끝났으면 너, 잠깐만 뒤로 빠져봐라. 유 조장하고 할 말이 있으니까."

"……."

이가흔의 노골적인 무시에 남궁수가 드물게도 눈살을 찌푸려 보였다.

그 순간 일어난 무형의 기세!

'헉!'

자신도 모르게 놀란 기색이 된 이가흔이 황급히 뒤로 몇 걸음 물러났다. 무인으로서의 당연한 반응이었다. 그러나 곧 창피함이 얼굴로 몰려들었다.

얼굴로 피가 몰리는 기분에 휩싸인 이가흔이 눈에 바짝 힘을 줬다.

"왜? 왜! 한번 붙어볼 테냐?"

"그럴 마음은 없어요."

'다행이다!'

내심 환호작약한 이가흔이 불쑥 가슴을 내밀었다. 몸매만큼은 결코 남궁수에게 뒤지지 않는다는 점을 강조하기 위한 행동이었다.

"그럼 한켠으로 물러나 있어!"

"그러지요."

남궁수가 순순히 물러서자 유백온이 빠른 걸음으로 다가들었다.

"무슨 일로 본인을 찾는 것이오?"

"나랑 할 얘기가 있어요."

"급한 일이오?"

"급한 일이 아니면 이 오밤중에 왜 내가 유 조장을 찾아왔겠어요?"

"알겠소."

유백온이 입가에 가벼운 한숨을 매단 채 대답했다. 그러자 이가흔이 남궁수에게 고개를 옆으로 까닥거려 보였다. 더 물러서거나 이곳을 떠나란 의미였다.

남궁수가 그리했다.

"그럼."

가벼운 말과 함께 자리를 옮겨가는 남궁수의 뒷모습을 유백온이 잠시 멍청하게 바라봤다.

아쉬움?

그런 것보다는 조금 복잡한 심경이다.

이가흔이 문득 호기심 어린 표정이 되었다. 유백온의 남궁수에 대한 감정이 궁금해져서다.

"유 조장, 두 사람은 정말 그냥 검만 맞대는 사이인 거예요?"

"물론이오."

'아닌 것 같은데……'

유백온의 단호한 대답에 이가흔이 코끝을 살짝 찡그려 보였다. 내심 불만이 치밀어 올라서였다.

잠시뿐이었다.

그녀는 곧 본래의 목적에 충실하기로 했다.

"목 사형이 사람을 보내왔어요."

"목 조장이? 하지만 그는 개봉으로 떠났었는데……."

"감쪽같이 우릴 속인 거죠, 뭐."

"…그럼?"

"개봉으로 떠나는 척하면서 하남성의 개방 제자들을 동원해서 누군가를 찾고 있었던 것 같아요."

"엽 대주를 말하는 것이오?"

"그가 아니면 누구겠어요. 목 사형같이 소심한 사람으로 하여금 호랑이같이 무서운 집법장로님의 명령을 거역하게 만들 수 있는 게."

'망할 인간! 그래도 그렇지, 나한테까지 거짓말을 하다니! 다시 만나기만 해봐라! 확 얼굴을 열 손가락으로 긁어버릴 테니까!'

이가흔의 꼬인 심사.

어느새 남편이나 애인에게 골이 난 여인네와 같다. 그녀 자신은 아직 확실하게 인지하지 못하고 있지만 말이다.

유백온이 질문했다.

"그래서 목 조장은 엽 대주를 찾은 것이오?"

"물론이죠. 지금 함께 있다고 하더군요."

"……."

유백온의 얼굴이 확연할 만큼 밝아졌다. 방금 전까지 남궁수에게 당한 패배의 상처로 위축되었던 모습 따윈 아예 찾아볼 수 없게 된 것이다.

천룡위주 엽자건!

그와 함께한 동안 천룡영웅대는 무패였다. 어떠한 대적을 만나서도 패배하지 않았고 희생 역시 거의 없었다. 거의 기적과도 같은 전과를 매번 세워왔다.

달리 말하자면 그가 없는 천룡영웅대는 불완전했다. 여태까지 거둬왔던 무패의 전적을 계속 유지할 수 없을 터였다. 유백온 자신이 이끄는 상태론 분명 그랬다. 여태까지 어느 누구에게도 말한 적 없던 심사였다. 고민이었다.

평소의 진중한 성격답지 않게 대놓고 좋아하는 유백온의 모습에 이가흔이 내심 고개를 가로저었다.

'좋댄다! 그 싸움귀가 돌아오면 또 피바다 속에서 뒹굴게 될 텐데도……'

내심의 투덜거림과 달리 이가흔 역시 얼굴이 무척 밝아졌다.

사내를 그리는 여인의 마음이 아니다.

대적을 앞두고 불안했던 심사가 엽자건이 돌아온다는 한 가지 사실만으로도 크게 위안받은 까닭이었다.

'그분이 돌아오시는구나……'

군영을 향해 걷고 있던 남궁수의 입가에 평상시 결코 볼 수 없었던 부드러운 미소가 걸렸다.

이미 초절정의 벽을 뛰어넘은 터.

기감을 극대화하자 멀리 떨어진 상태에서도 이가흔과 유백온 간의 대화를 빼놓지 않고 들을 수 있었다.

전 같으면 결코 하지 않았을 일이나 지금은 자연스럽다. 엽자건과 함께 싸우고 함께 호흡하는 동안 그리되어 버렸다. 영향을 받고 동화되었다.

저벅! 저벅!

앞으로 내딛는 발걸음에 힘이 붙는다. 검갑을 든 손 역시 마찬가지다.

기다려 왔던 재회다.

전날 느꼈던 통증과는 다르다. 마음이 설레어온다. 처음으로 차디찬 검에 손을 대었을 때처럼 그러했다.

*   *   *

언사(偃師).

숭산으로부터 채 백 리가 되지 않는 소도시에서 그리 떨어지지 않은 관도 위에 한 무리의 무림인들이 모여 있다.

천룡영웅대 풍자조 소속의 개방도들이고 수장은 풍자조장인 목진풍이다. 천룡영웅대를 떠나 개봉으로 향한다던 그가 언사 인근에 모습을 드러낸 것이다.

이유는 뻔하다.

평상시보다 두 배쯤 헤픈 웃음을 담고서 두 손을 비벼대게 만들고 있는 존재, 바로 엽자건과 먼저 조우하기 위함이었다.

툭툭!

목진풍이 건넨 양피지를 세세히 살피던 엽자건이 갑자기 손을 내밀어 그의 어깨를 두드려 줬다. 치하다.

"과연 내가 가장 믿는 동생답다. 내 속내를 이렇게까지 꿰

뚫고 있었다니 말야."

"헤헤, 만족스러우십니까?"

"아주 좋다. 그런데 어떻게 숭신 일대에 펼쳐진 후금 대병의 포진을 이 정도까지 세밀하게 알아낼 수 있었지?"

"개방이 달리 천하제일의 정보망을 가졌다고 할 수 있겠습니까? 게다가 이곳은 하남성이 아닙니까? 개방의 안방이라구요! 안방!"

"본래 소림사가 있는 숭산 부근에도 신분을 숨긴 개방 제자들이 꽤나 많이 존재했던 거로군?"

"그, 그것이……."

잔뜩 고양된 표정이던 목진풍이 자라처럼 목을 쑥 집어넣었다. 언제나 살짝 굽어 있던 등이 조금 더 수그러든다. 소림사의 제자인 엽자건에게 개방의 기밀 중 하나가 들통난 까닭이었다.

엽자건이 싱긋 웃었다. 어차피 하남성에서 개방의 이목을 피할 곳이 있으리란 생각은 처음부터 한 적이 없다.

"그래서 이걸 내게 전달하기 위해 먼저 달려온 것이냐?"

"형님의 행적이 하도 신출귀몰해서 찾기 아주 힘들었습니다요."

"그래 봤자 부처님 손바닥 위의 제천대성이었고?"

"아하하하하!"

어색하게 웃음 짓는 목진풍의 어깨를 엽자건이 다시 토닥거려 줬다. 그가 어떤 마음으로 숭산 일대를 조사하고 자신을 찾아왔는지를 대충 짐작할 수 있었기 때문이다.

그가 화제를 바꿨다.

"남은 천룡영웅대는 어디까지 진출해 있지?"

"지금쯤 여양 인근에 주둔하고 있을 겁니다. 절강성 이후 광동성까지 진출해서 해월낭인대의 잔당들과 싸우느라 조금 숫자가 줄긴 했지만 여전히 무적입니다. 개중 가장 뛰어난 활약을 한 건 제가 이끄는 풍자조고요."

목진풍의 호기로운 말에 그가 이끌고 온 개방도들이 일제히 우렁한 함성을 토해냈다. 피와 살이 튀는 전장을 헤치고 나온 자들치고는 표정들이 한결같이 여유롭다. 그 조장에 그 조원들인 것이다.

'중간에 후금에서 풀어놓은 척후조와 고수들을 싹 쓸어버리길 잘했군. 덕분에 천룡영웅대의 접근은 아직 숭산을 공격하고 있는 후금 진영까지 알려지지 않은 것 같으니 말야.'

생각지도 않던 수확이다. 엽자건이 내심 고개를 끄덕인 후 다시 질문했다.

"그럼 종경 사숙조님께서 이끄시는 소림 속가군은 어찌 되었지?"

"이미 숭산 초입에 도착해 후금의 대병과 두 차례 교전을 벌이신 것 같습니다. 정확한 전적까지는 아직 파악치 못했습니다만……"

"그렇군. 근데 너, 좀 대단하다? 아주 기대 이상이야."

"헤헤, 형님, 저 목진풍입니다! 목진풍! 형님의 하나밖에 없는 의제라구요!"

'하나밖에 없는 의제에?'

몇 걸음 떨어져서 두 사람의 재회를 지켜보고 있던 송지하의 한쪽 입꼬리가 살짝 치켜올라 갔다. 갑작스레 튀어나와 엽자건의 의제를 자처하는 목진풍의 존재가 사뭇 눈에 거슬린 까닭이다.

그러나 그는 잠시 참기로 했다.

현재 그의 신분은 의제에서 제자로 강등된 상황이었다. 엽자건과 의형제를 맺은 목진풍보다 한 끗발 처지는 게 확실하니, 공식적인 자리에서 서열을 정할 생각 따윈 없었다.

'사내들의 서열이야 본래 주먹이지. 저 자식, 무공이 제법 괜찮은 편이긴 하지만 천살마도 양반에 비하면 그냥 우스울 뿐이지 않겠어?'

내심 염두를 굴린 송지하가 표정을 밝게 했다.

본래 이런 연기는 그의 전공 중 하나다. 여자 앞에서 바지끈을 내리는 것과 함께 말이다.

그런데 갑자기 양피지를 품 안에 쑤셔 넣은 엽자건이 송지하를 손짓해 불렀다. 두 사람을 소개해 주기 위함이었다.

"제자야, 이리 와봐라!"

'망할! 소개시킬 셈이냐?'

송지하가 내심 욕설을 내뱉고는 얼른 엽자건에게 다가갔다. 표정은 여전히 해맑다.

"사부님, 부르셨습니까?"

"오냐. 인사해라. 내 의제이자 전우인 목진풍이다. 너도 알고 있는 개방의 철담협개 선배님의 대제자지."

"그러시군요? 저는 강호에서 암중귀도라는 작은 이름을 얻고 있는 송지하라 합니다."

"아, 암중귀도라면 북경 인근에서 활동한다는 신비의 도객이라는……."

"천살마도 이염 선배와 함께 강호에선 이대도객이라던가 하는 식으로 불리고 있지요. 뭐, 별로 대단한 건 아닙니다만. 그런데 별호가 어찌 되시는지요?"

"…나, 나는 삼절신풍이라고 한다네."

"삼절신풍?"

송지하가 고개를 갸웃해 보이자 목진풍의 인상이 확 일그러졌다.

근 수년간 그의 명성 역시 상당히 올랐다.

이미 평범한 후기지수의 수준이라 볼 수 없었다. 적어도 그 자신은 그리 생각하고 있었다.

하지만 이대도객과의 비교는 어려웠다.

당장 천살마도 이염만 해도 그의 사숙뻘이지 않던가.

'하지만 나는 엽 대형의 하나밖에 없는 의제다! 아무리 이

대도객 중 한 명인 암중귀도라 해도 항렬상 내가 위라구!'

내심 마음을 다잡아먹은 목진풍이 구부정한 등을 쭈욱 펴고 내력을 끌어모아 눈에 신광을 담았다. 입가에 항상 매달려 있던 비굴한 표정 역시 싹 지워 버렸고.

"하하, 이거 정말 내 낯이 서게 되었군. 이대도객 중 한 명인 암중귀도를 조카로 두게 되었으니 말야."

'조카아?'

송지하의 입가에 가소롭다는 표정이 살짝 떠올랐다 사라졌다. 그리고 일어난 무형의 살기!

움찔!

갑작스레 등골이 서늘해진 목진풍이 버릇처럼 다시 목을 쑥 집어넣었다. 사내답지 않게 예쁘장하게 생긴 송지하가 일으킨 무형의 살기에 가뜩이나 작은 간담이 절반 크기로 줄어들어 버린 것이다.

'이거 내가 잘못 건드렸나? 하지만 내가 명색이 엽 대형의 의제인데……'

그때 송지하가 입가에 미소를 담은 채 말했다.

"저 역시 본래 사부님과 호형호제하던 사이였습니다만, 지금은 제자의 신분입니다. 아주 잠시뿐이지만요. 계속 조카로 생각하고 싶으시다면 편하실 대로 하십시오."

"펴, 편하실 대로 하라고?"

"사부님과 다시 호형호제를 하게 될 때까진 참아드리겠다

는 뜻입니다. 그.때.까.지.는!'

　"……!"

　덥지도 않은데 목진풍의 이마에 땀이 송골송골 맺혔다. 식
은땀이었다. 아주 가까운 장래에 나이를 떠나 또 한 명의 상
전을 모시게 될지도 모른다는 불길한 예감의 전조이기도 했
다.

第八十八章

냉혈무정(冷血無情)

少林
棍王
소림곤왕

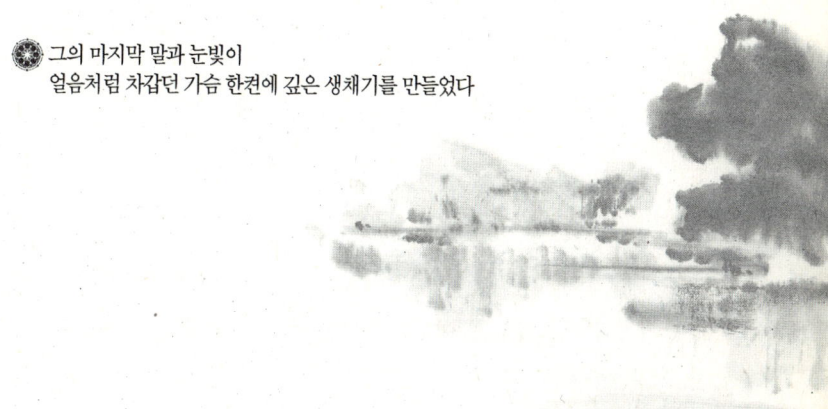

그의 마지막 말과 눈빛이
얼음처럼 차갑던 가슴 한켠에 깊은 생채기를 만들었다

낙양(洛陽).

주(周)의 수도가 된 이래로 동주(東周), 동한(東漢), 조위(曹魏),
서진(西晉), 북위(北魏), 수(隋), 당(唐), 후량(後梁), 후당(後唐) 등
아홉 개 왕조가 도읍을 정한 까닭에 '아홉 왕조의 도읍[九朝古
都]'이라고 불리는 고도이다.

또한 전국시대의 노자, 당나라 시대의 이백, 두보, 백낙천
등의 문인이 이곳을 중심으로 활동하였으며 예술의 꽃을 피
운 것으로 유명하기도 하다.

엽자건의 명에 의해 따로 움직이게 된 소하와 연해월은 아

주 어렵게 낙양성에 들어선 후 입을 가볍게 벌렸다. 소림사가 위치한 숭산으로부터 얼마 떨어지지 않은 이곳에 잔뜩 모여 있는 군병의 숫자가 족히 일만 명에 육박하는 듯 보였기 때문이다.

'이 자식들 뭐야, 이거? 이만큼 많은 숫자가 있으면서 바로 코앞인 숭산에서 난리를 치고 있는 후금의 대병을 나 몰라라 하고 있는 거야?'

육선문과 군부에 속한 관병들.

평상시 그다지 도움되는 것이 없는 치들이었다. 세금이나 징수하고 지방의 토호나 호족들의 뒷배나 봐주면서 기생하는 몹쓸 것들이 대부분인 까닭이었다.

그래도 명색이 나라를 지키는 자들이었다.

타국의 병사들이 대거 국경선을 넘어 내륙까지 침범했는데도 수수방관하고 있다는 건 어처구니없는 일이었다. 아주 화가 머리끝까지 나는 일이기도 했다.

그때 그녀보다 나이가 많고 경험이 풍부한 연해월이 살짝 만류했다.

"총순찰, 괜스레 열받지 마세요."

"내가 열받지 않게 생겼니? 여기 모여 있는 놈들이 낙양 성문을 닫아 걸고 있는 사이 하남성 일대가 후금 놈들한테 완전히 짓밟혀 버렸는데!"

"여기 병력이 꽤 많아 보이지만 잡병이 대부분이에요. 도

지휘사사의 정병들이 벌써 깨졌는데 감히 나설 엄두는 내지
못할 거예요."

"그걸 네년이 어찌 그리 잘 아는 거냐? 너, 나 몰래 공부했
냐?"

"제가 그럴 주제나 되나요. 여기 오기 전에 엽 공자님이 그
리 말하시던 걸 옮긴 것뿐이죠."

"그 자식이 그런 말을 했어?"

"예. 그러니 괜스레 열받아하지 말고 자기가 준 전서나 전
하고 오라고 하더라구요."

"쳇!"

소하가 나직이 혀를 찼다. 잘생긴 얼굴답지 않게 성격이 나
쁜 놈이라고 생각했더니, 꽤 자상한 면도 있다. 괜스레 마음
설레이게.

그때 소하의 전언을 전해들은 낙양성의 안찰사가 모습을
드러냈다. 기다란 콧수염을 그럴듯하게 기르고 거만한 얼굴
을 한 전형적인 관료의 인상이다.

"연평 왕야의 명을 전하기 위해 왔다고?"

"예, 여기 서신을 받으시지요."

소하가 언제 투덜거렸냐는 듯 재빨리 허리를 굽신거리며
안찰사에게 다가가 엽자건이 준 서신을 건넸다. 안찰사와 절
대 시선을 맞추지 않는 세심한 주의 또한 잊지 않는다.

그런데 서신을 펼쳐 읽던 안찰사의 안색이 갑자기 바뀌

었다.

태도 역시 마찬가지다.

그는 대경한 표정과 함께 소하에게 다가와 그녀의 두 손을 덥석 붙잡았다. 얼굴에는 여태까지의 거만함 대신 기대와 흠모의 표정이 가득하다.

"잘 왔소이다! 잘 왔어!"

'뭐야! 이거, 왜 그래!'

소하가 살짝 질린 표정으로 안찰사를 바라봤다. 갑작스런 안찰사의 태도 변화에 당황하지 않을 수 없었다.

안찰사는 전혀 개의치 않았다. 여전히 그녀의 손을 잡고 있는 대로 흔들더니, 서신을 불쑥 내밀었다. 직접 읽어보라는 뜻이었다.

"…상황이 이러하니, 연평 왕야를 호위하는 최강의 호위무사이자 금의위의 비밀 감찰어사인 소하 소저를 직접 보내노라. 그녀는 무공의 고수이자 병법에 탁월한 조예가 있으니 위에 적힌 대로 안찰사 휘하의 병력을 통솔케 하라?"

"현재 낙양성에 모인 병력의 숫자는 일만 삼천이 조금 넘소이다. 하지만 모두 지방의 치안이나 담당하던 잡병들인데다 병력을 통솔한 장수들마저 도지휘사사가 붕괴되며 갑작스레 몰살을 당한 상태라오. 그러니 지금부터 당장 소하 소저께서 병력의 통수권을 맡아주시면 좋겠소이다."

"진짜요?"

"물론이외다! 지금 당장 맡아주시구려!"

"허!"

소하가 어처구니없는 표정이 되었다. 엽자건이 전달하라 했던 서신에 이런 말도 안 되는 내용이 적혀 있으리라고 그녀가 어찌 짐작이나 했을까.

잠시 후.

느닷없이 낙양성의 총병력 일만 삼천 명의 지휘권을 확보하고 벙찐 표정이 된 소하에게 연해월이 슬그머니 다가왔다. 소하가 존재조차 모르던 엽자건의 또 다른 밀서를 전달하기 위함이었다.

"총순찰, 이걸 받으세요."

"이건 뭐냐?"

"엽 공자님께서 전달하라 하신 서신입니다. 반드시 낙양성에 도착해 안찰사와 만난 연후에 총순찰한테 전달하라 하셨습니다."

'이런 죽일 년을 봤나!'

소하의 눈이 주욱 찢어졌다. 자신의 직속 부하인 연해월이 엽자건에게 매수당했다는 판단이었다.

하지만 그녀는 잠시 그녀를 족치는 걸 뒤로 미뤘다. 엽자건이 어째서 이리 복잡한 짓거리를 했는지 파악하는 게 우선이었기 때문이다.

이어 꼼꼼하게 엽자건의 밀지를 읽어 내려가던 소하의 입가에 절로 한숨이 매달렸다. 자신과 하남성 하오문이 완전히 엽자건에게 코가 꿰었음을 자각한 까닭이었다.

'하지만 이건 좀 이상한걸? 하남성 하오문도 상당수와 낙양의 잡병 일만 삼천 명을 이끌고서 숭산으로 진격하는 시늉만 하라니? 싸움도 하지 않을 병력을 뭐 하러 몇만이나 만들어서 무력시위를 해야 하는 거람?'

이해할 수 없다.

당최 무슨 의도인지 짐작조차 할 수 없었다.

그래도 그녀는 엽자건의 부탁을 가장한 명령을 반드시 따라야만 했다. 향후 신무림맹과 연평왕부 양측으로부터 하오문 자체가 토벌당하지 않기 위해선 말이다.

절레! 절레!

결국 고개를 좌우로 몇 차례나 흔들어 보인 소하가 연해월을 향해 버럭 소리질렀다.

"이년아, 너도 아는 거 쥐뿔만큼도 없지?"

"당연하죠!"

"대답은 잘한다! 낙양성 지부로 냉큼 달려가서 일대에서 놀고먹는 새끼들 몽땅 튀어오라고 전달해!"

"예!"

복명과 함께 연해월이 얼른 신형을 날려갔다. 소하에게 구타당하지 않은 것만 해도 감지덕지한 표정이었다. 그녀 역시 자신이 저지른 죄를 잘 알고 있었던 것이다.

*   *   *

황풍(黃風).

수일간에 걸쳐서 사방에서 휘몰아치고 있다. 아주 지독해서 숨조차 쉽사리 내쉴 수가 없을 정도다.

그리 어색할 건 없다.

이 같은 황사는 강북의 봄을 알리는 전조니까.

문득 묵묵히 걸음을 옮기고 있던 유대유의 봉황안에 가벼운 이채가 어렸다.

'이번에는 제법 많이 몰려오지 않았는가? 드디어 더 이상 꼬리를 자르기가 아까워진 것인가?'

생각은 그리 길지 않았다.

느닷없이 발밑에서 튀어나온 검날이 그런 여유를 내주지 않았다.

푸슉!

대지를 꿰뚫고 나올 때까지 거의 기척조차 없었다. 마지막 순간에야 가벼운 흔적을 남겼을 따름이다. 유대유라는 초인을 암살하러 온 자이니 수준 또한 남다르다.

그러나 이게 어찌 된 일인가!

지축을 뚫고 튀어나온 검날이 갑자기 뭉그러져 버렸다.

똑바로 위로 치솟아오르지 못했다.

갑자기 좌우로 짓눌리는가 싶더니 수십 토막이나 바닥으로 모래처럼 밑으로 흘러내렸다. 그게 일시적으로 뭉그러지는 것처럼 보인 것이다.

당연히 검의 주인 또한 무사할 리 없다.

촤악!

유대유가 지나간 자리에서 뭔가 폭발하는 듯한 소음과 함께 붉디붉은 핏물이 뭉클거리며 솟아올랐다. 상상을 초월하는 압력에 의해 검과 주인이 동시에 형태, 자체를 잃어버렸음이 분명하다.

그게 시작이었다.

푸숙! 푸숙!

유대유의 옆구리를 향해 두 개의 검날이 날아들었고, 곧 미간과 관자놀이로는 특이한 형태의 단검과 암기들이 유성처럼 파고들어 왔다.

특이한 점은 그런 상황에서도 적의 형체가 전혀 보이지 않는다는 것!

유대유는 개의치 않았다.

아예 관심조차 보이지 않고 계속 앞으로 걸어갔다. 처음에 발밑을 공격하다 뭉개 버린 자와 별다를 것이 없다는 판단 때문이다.

과연 그랬다.

퍼퍽!

투타타타탕!

유대유의 옆구리를 노리던 검날이 역시 형체를 은신한 채 다가들던 주인과 함께 뭉개졌고, 단검과 암기들 역시 마찬가지다. 채 유대유의 몸에 도착하기도 전에 고철 덩이가 되어 바닥에 떨어져 내렸다.

호신강기?

그런 것보다 훨씬 위다.

유대유의 몸 전체를 항상 한줄기 미풍처럼 휘감고 있던 대자연기의 위력이었다. 위세였다.

그래도 암습은 계속되었다.

여전히 사방에서 칼날이 날아들었고, 다양한 종류의 암기들이 튀어나왔다. 어떻게든 유대유에게 조금의 상해나마 주기 위해 모든 수단을 강구하고 있었다. 연이어 한 줌의 핏물로 변해가는 동료들의 죽음 따위 완전히 도외시한 듯한 공격이었다.

'여태까지 상대했던 마물들과는 다르군. 죽음 직전까지 비명 한마디 토해내지 않지만, 마음은 달라. 공포심을 억지로 눌러놓고는 있지만 두려움으로 흘린 땀 내음까지 감추진 못하고 있으니……'

여기까지 생각을 이어가던 유대유가 문득 걸음을 멈췄다. 그리고 위엄 넘치는 목소리가 그의 입을 통해 흘러나왔다.

"삶은 소중하다! 어째서 한 마리 불나방이 되어 죽음을 향해 달려드는 것인가? 나는 지금까지처럼 손을 쓰지 않을 것이다! 추격하지도 않을 것이다! 이만 물러나서 남은 삶을 살도록 하라!"

"……"

대답은 없었다. 유대유의 제안은 철저하게 무시당한 것이다. 분명 그리 여겨진다.

유대유의 생각은 달랐다.

'끊임이 없던 공격이 일순이나마 잦아들었다. 지휘권을 지닌 자의 마음속에 고뇌가 생겨난 것이다.'

그렇다면 해볼 만하다.

더 이상 무고한 삶을 끊는 행위를 멈출 수 있었다.

유대유가 자신의 몸을 감싼 채 존재하고만 있던 대자연기에 형태를 부여했다. 한줄기 기다란 실처럼 대자연기를 뽑아내어 아주 먼 곳까지 날아가게 만들었다.

심상의 흐름…….

아주 머나먼 곳에서 흘러나온 고뇌를 대자연기로 쫓아갔다. 그렇게 함으로써 암중의 지휘자를 찾아내려 했다.

한데, 갑자기 주변의 상황이 일변했다. 잠시 멈춰졌던 공격이 재개된 것이다.

'설마 내 대자연기를 간파했단 말인가?'

북경으로부터 시작된 추격의 중간중간 유대유를 막아섰던

희세의 마물들조차 감히 할 수 없던 짓이다. 당대의 대고수들 조차 쉽사리 볼 수 없을 듯하던 그 지옥에서 튀어나온 듯한 괴물들조차도 말이다.

그런데도 이 같은 일이 가능하다면 떠올릴 수 있는 건 하나 다.

'폐하의 몸속에 깃들어 있던 자! 그자라면 내 대자연기를 간파해 낼 수 있을 것이다!'

내심 염두를 굴린 유대유가 봉황안을 빛냈다.

더불어 일어난 기의 대방출!

무한히 긴 실과 같은 형태로 변화해 있던 대자연기가 유대 유를 중심으로 급속한 움직임을 보였다.

회전!

그다음은 폭발이다. 상상을 초월하는 위력을 지닌 엄청난 규모의 대폭발!

번쩍!

일순 유대유의 몸 전체가 장엄한 빛무리에 휩싸였다. 형태 로 구현된 대자연기가 만들어낸 것이다. 인간의 인지 능력을 가볍게 뛰어넘는 위력이 담겨 있었음은 물론이다.

꿈틀!

마령귀사는 자신도 모르게 허리춤에 교차되어 매달려 있 던 암도와 묵검에 손을 가져다 댔다.

냉혈무정(冷血無情)!

살수왕이라 불리는 그를 가장 정확하게 표현한 말이라 할 수 있다. 그 자신 역시 그리 생각하고 있었고.

아니다.

지금은 그렇지 못했다. 전혀 아니었다.

암도와 묵검에 머물러 있는 마령귀사의 가느다란 손가락 끝이 가벼운 떨림을 보이고 있었다. 초일류의 살수인 그가 절대 보일 수 없는 허점을 드러내고 만 것이다.

'결국 이렇게 되는 것인가? 이런 식으로 부상국 제일의 인자 집단이었던 귀살인도의 맥이 끊겨야만 하는 것인가……'

한탄과 함께 마령귀사는 욱신거리는 통증을 느꼈다.

왼쪽 눈.

얼마 전까지 창공의 매처럼 세상을 바라보던 그의 눈은 천기마야에 의해 강제로 뽑혀졌다. 북경에서 멋대로 귀살인도와 함께 탈출한 것에 대한 징치였다.

그러나 마령귀사는 생각보다 약한 처벌이라 여겼다. 애초에 귀신같은 천기마야의 명을 거역하면서 그에 상응한 대가가 없을 거라 여길 만큼 순진하진 않았다.

과연 오래지 않아 천기마야는 또 다른 징벌을 내렸다. 귀살인도와 마령귀사로 하여금 유대유를 공격하게 만든 것이다. 특별한 이유조차 설명치 않고서 말이다.

꾸욱!

문득 결연한 표정으로 자신을 떠나가던 환야의 얼굴을 떠올린 마령귀사의 손에 힘이 들어갔다. 당주는 끝까지 살아남아 귀살인도의 맥을 이어야만 한다던 마지막 말과 눈빛이 얼음처럼 차갑던 그의 가슴 한켠에 깊은 생채기를 만들었다. 기나긴 세월이 흘러도 결코 아물지 않을 상처를.

그때 마령귀사의 배후로 흐릿한 그림자 하나가 모습을 드러냈다.

흠칫!

놀란 표정으로 신형을 돌려세우던 마령귀사의 동공이 확대되었다. 전혀 뜻밖의 인물이 눈앞에 나타나 있었기 때문이다.

"어, 어떻게?"

천기마야가 입가에 흐릿한 미소를 만들어냈다.

"방금 전 노부가 네 목숨을 구했다는 걸 알고 있느냐?"

"그게 무슨……?"

"모르는 모양이로군. 하긴 네게 곤왕의 놀라운 기운을 읽어낼 수 있을 만한 역량이 있었을 리 만무할 터. 귀살인도는 충분히 자신의 역할을 수행했으니, 이만 노부를 따르도록 하거라."

"……"

"이해할 수 없다는 눈빛이로군? 귀살인도는 곤왕의 놀라운 기도를 잠시나마 묶어두는 게 목적이었다. 이제 구문유로환

허진(九門幽路幻虛陣)이 발동되었으니, 더 이상 이곳에 남아 있을 이유는 없을 것이다."

"그럼 우리 귀살인도는 단지 그 정도의 목적을 이루기 위해 동원된 것이란 뜻……."

"맞다."

냉혹할 정도로 분명한 천기마야의 말에 마령귀사의 전신이 가벼운 떨림을 보였다.

분노의 격류!

그는 일평생 느꼈던 어떤 것보다 더한 살기의 폭주를 느꼈다. 눈앞의 천기마야를 죽이고 싶다고 심부 깊숙한 곳에서 깨어난 짐승이 마구 소리쳐 댔다.

그러나 그는 인자였다. 살수였다. 심중의 분노가 아무리 크다 한들 빙결보다 차가운 이성이 먼저 움직였다. 이곳에서 절대 개죽음을 당할 순 없다는 판단이 방파제가 되어 살기의 폭주를 막아냈다.

빙긋!

천기마야의 입가에 다시 미소가 떠올랐다. 순간적으로 마령귀사가 심중의 격렬한 살기를 이성으로 잠재운 것이 아주 흥미로운 표정이다.

잠시뿐이었다. 곧 미소를 거둔 그가 말했다.

"아직 네놈은 쓸모가 있다. 깊은 생각을 금하고 날 따라오도록 하거라."

"……."

제 할 말만 하고서 신형을 돌려 버린 천기마야를 마령귀사가 섬뜩한 표정으로 노려봤다. 그러나 더 이상 그의 손끝은 떨림을 보이지 않았다. 다시 냉혈무정의 살수왕으로 돌아간 것이다.

후둑! 후두두두둑!

천지를 가득 메웠던 빛무리의 끝은 붉게 물든 하늘과 피의 비였다.

기의 대방출!

구체화된 형태의 대자연기가 만들어낸 참상은 차마 눈으로 보기 어려울 정도다. 무려 백여 명이 넘던 귀살인도 인자들을 모조리 썰어버린 까닭이다.

그 가운데 홀로 고독하게 자리해 있던 유대유가 문득 손을 들어 올렸다.

콰득!

그의 손에 붙잡힌 건 중간 크기의 검. 아니다. 부상국 특유의 소태도다.

역시 아무것도 없던 공간 속에서 불쑥 튀어나온 소태도가 순간적으로 증발해 버렸다. 방금 전까지 유대유를 암격했던 병기들보다 더욱 참혹한 꼴이 됐다.

물론 그것만으로 끝일 리 없다.

문득 유대유의 눈앞에서 공간이 한차례 일렁거림을 보이더니, 한 명의 인자가 불쑥 모습을 드러냈다.

외팔이!

증발된 소태도를 빠르게 포기한 인자는 공중에서 수십 개가 넘는 분영을 만들어내더니, 곧바로 유대유의 미간 사이로 당수를 꽂아 넣었다.

허상? 실체?

찰나간에 유대유는 결정을 내렸다. 그는 수십 개의 분영 속에서 유일하게 존재하는 실체를 향해 손가락을 뻗어냈다.

퍽!

막 유대유의 미간 사이에 당수를 꽂아 넣으려던 환야의 머리가 산산조각 났다. 귀살인도 전대 당주이자 부상국을 대표하던 특급 인자다운 최후를 맞은 것이다.

그리고 그와 동시였다.

결국 다시 혼자가 된 유대유가 난감한 표정이 되었다. 그에 의해 피바다가 된 대지의 지축이 갑자기 미세한 흔들림을 보이기 시작한 걸 눈치챈 까닭이다.

"이런 것이었나?"

작은 뇌까림과 함께 유대유가 등에 짊어지고 있던 묵룡천뢰곤을 빼들었다.

여태까지완 비교조차 되지 않을 험난한 여로!

지금부터 시작될 터였다. 대자연기를 위축시킬 만한 고난과 함께 말이다.

"핫!"

유대유가 나직이 부르짖었다.

*   *   *

밤.

숭산의 하늘 위로 소담스런 달이 떠올랐다. 상현달이다, 주변을 많지도 적지도 않게 비춰주는.

당연하달까?

상현달이 떨궈주는 은빛 빛무리는 소실봉 중턱에 위치한 소림사의 경내 역시 잊고 그냥 지나치지 않았다. 군데군데에서 환한 빛을 뿌리고 있는 횃불의 존재가 있음에도 불구하고.

저벅! 저벅!

두 명씩 무리를 지어 절도있게 경내를 순찰하던 나한승들이 갑자기 일수합장해 보였다.

"아미타불!"

"아미타불!"

그들의 앞에 있는 건 사인용의 교자(轎子).

네 명의 듬직한 금강승이 떠메고 있는 가마 위에 몸을 기대고 있는 사람은 현재 소림사 방어의 총책임을 맡고 있는 보종이었다.

왜소한 체격.

누렇게 떠 있는 얼굴.

근자엔 거동조차 어려워져 금강승들에게 의지할 수밖에 없어진 보종에게서 전날 파천마곤의 웅풍을 찾기란 쉽지 않다. 과거의 그를 아주 잘 알고 있는 사람이라 해도 아주 자세히 보지 않고선 타인으로 오인할 터였다.

그러나 그런 보종이 여태까지 소림사를 멸망의 위기에서 지켜냈다. 거동조차 힘겨운 몸으로 소실봉 일대를 누비며 후금 황천기주가 데려온 일만 정예병의 파상적인 공격을 막는 소림사의 대방어진세를 구축해 낸 것이다.

그래서인가?

갑자기 어둠 속에서 튀어나온 그를 바라보는 나한승들의 얼굴에는 흠모의 기색이 가득했다. 군의 총사령관을 맞이한 병사들이나 다름없다.

보종이 미미하게 고개를 끄덕여 보였다.

"늦은 시간까지 고생이 많네. 경내는 여전히 평안하겠지?"

"외곽 방어진을 둘러보고 온 거신지요?"

"허허, 사제들이 밖에서 고생들이 많더군. 하지만 염려들 마시게. 곧 종경 사숙께서 소림 외가의 지원군을 이끌고 외곽에서 호응하실 터인즉."

"아미타불!"

나한승들이 다시 일수합장해 보였다.

보종과 종경.

모두 당대 소림사가 낳은 기린아들이다. 그들이 내외에서 합작한다면 후금의 일만 대병이라 해도 어찌 소림사의 티끌인들 건들 수 있겠는가.

다시 순찰에 나선 나한승들을 한동안 지켜보던 보종의 안색이 살짝 어두워졌다.

방금 전 돌아보고 온 외곽의 방어진.

나한승들에게 한 호언장담과는 사정이 많이 달랐다.

벌써 후금 대병에게 포위된 지 수개월이 흘러갔다. 그사이 소실봉의 험한 지형을 이용해 결사의 방어진을 펼친 끝에 소림사가 입은 피해는 상상을 초월했다. 소림 본사에 있는 천여 명의 무승 중 절반 이상이 부상을 당했고, 식량난 역시 극심해져 원활한 공양이 이루어지지 않고 있었다.

또한 더욱 심각한 건 방어진의 주축이라 할 수 있는 고수들의 내력 고갈과 피로도의 상승이었다. 한 번도 전장을 경험한 적이 없었던 소림의 고승에게 지난 몇 개월간은 불법에서 말하는 지옥도나 연옥에 들어간 것이나 다름없는 나날들이었음이 분명하다.

'그나마 다행인 점은 장문 사백께서 생각했던 이상으로 중심을 잘 잡고 계신 것일 테지만…….'

의외랄까?

그동안 은근히 곤종이라 할 수 있는 종경과 보종을 경계하던 장문 방장 종아 선사는 소림사 최고의 위기를 맞아 파격적인 결단을 내렸다.

그는 먼저 보종을 불러들인 후 종경을 탈출시켜 속가제자를 비롯한 지원군을 끌어들이게 했다. 죄의 대가를 치르기 위해 탑림에 은거해 있던 보종에게 방어진을 총괄케 하고 종경에게 후사를 맡기려는 의도였다.

보종의 생각은 조금 달랐다.

그는 종경에게 제자 엽자건을 찾으라 했고, 그가 돌아올 때까지 방어진을 책임지겠다고 말했다. 소림사를 결코 멸망하게 만들지 않겠다는 굳은 의지를 보인 것이다.

'여태까지는 처음에 의도했던 대로 되었다. 하지만 근래 적의 파상공격이 줄어든 게 이상하구나? 필경 아주 강력한 일격을 준비하고 있음이 분명할 터인데… 역시 장문 사백님께 결사대를 준비시키라고 부탁해야겠구나!'

생각을 이어가던 중 마음을 굳힌 보종이 금강승들에게 명령했다.

"사제들, 이제 이만 장문인께 가보도록 하세나."

"아미타불!"

보종과 동배의 금강승들이 나직한 불호와 함께 천천히 교자를 움직였다.

방장실.

몇 개월 만에 급격히 진이 빠진 보종과 마주앉은 종아 선사의 얼굴에 안타까움이 스쳐 갔다.

눈앞에 있는 나이 많은 사질.

막내 사제인 종경과 더불어 천재적인 무의 재능을 보였으나 이제는 성불할 날이 얼마 남지 않을 만큼 쇠잔해졌다. 남은 여생을 안돈케 함이 옳을 터이나 그리할 수 없는 현실이 마음을 아프게 한다.

"방어진은 어떻던가?"

"이틀간 큰 공격이 없었습니다. 될 수 있는 대로 휴식을 취하라 했으나 이미 굶주린 지 오래인 터라……."

"아미타불!"

종아 선사가 나직한 불호와 함께 눈을 감았다. 참담한 마음에 달리 할 말이 없는 듯하다.

보종이 말을 이었다.

"그래서 말인데 지난번에 청했던 일을 이젠 서두르셔야 할 것 같습니다."

"결사대를 말하는 것인가?"

"그렇습니다. 저들이 수개월간 소실봉을 포위할 수 있다는 건 장문 사백님께서 기다리시던 포정사사의 정예병과 이미 결착을 내었다는 뜻입니다. 그러니 종경 사숙이 이끌고 올 원병과의 접합점을 찾아야만 할 것입니다."

"단지 그 이유뿐인 건가?"

"곧 대대적인 공격이 있을 것이라 사료됩니다. 그리고 그 공격은 회심의 일격이 될 공산이 큽니다."

"그러니 소림사의 방어진이 붕괴될 때를 미리 대비해 놓자는 뜻이로군?"

"그렇습니다. 소림사는 멸망하더라도 소림의 정신과 무공은 영원해야만 하지 않겠습니까?"

'허허, 한낱 사욕에 눈이 어두워 파계를 서슴지 않았던 미욱한 불제자라 생각했었거늘……'

종아 선사가 내심 너털웃음을 터뜨렸다. 소림사를 누구보다 사랑하는 보종의 진심이 그를 기껍게 만들었다.

"보종, 소림의 정신과 무공은 영원해야 한다고 했던가?"

"예, 그렇습니다."

"여태까지처럼 전권을 내줄 터이니, 결사대에 들어갈 아이들을 선별하게나."

"또 한 가지 들어주셔야 할 것이 있습니다."

"말하게나."

"비고로 옮겨놓은 장경각의 책자들 중 일부를 다시 돌려놓는 걸 허락해 주십시오."

"그건 어째서인가?"

"전날 후금의 황천기주의 명을 받은 배신자들이 노린 곳은 장경각이었습니다. 이번 역시 그렇지 않겠습니까?"

"방어진이 무너지면 장경각에 불을 지를 셈인가?"

"허락해 주십시오."

"……."

종아 선사가 잠시 침묵했다. 보종의 의중을 모르는 바는 아니나 소림사의 상징이라 할 수 있는 장경각에 불을 지르는 걸 허락하긴 쉽지 않았다.

그러나 곧 그는 지난 수개월간의 포위 공격을 떠올렸고, 사태의 위중함 역시 자각했다. 절대 보종은 허튼짓을 하자고 말하는 게 아닌 것이다.

결국 종아 선사의 고개가 끄덕여졌다.

"…그 역시 뜻대로 하게나."

"감사합니다."

"단! 방어진이 확실히 무너졌을 때라야만 하네."

"물론입니다."

대답과 함께 보종이 힘든 표정으로 몸을 일으키려 할 때였다. 문득 팔대호원의 금강승들의 보호하에 있던 방장실의 밖에서 조심스레 고하는 목소리가 들려왔다. 십계십승 중 한 명인 주계승이었다.

"장문인께 아룁니다. 보종 사형에게 손님이 찾아왔습니다."

"손님?"

종아 선사가 의아한 표정을 지어 보였다. 보종이 고안한 대방어진으로 철저히 보호되고 있는 소실봉이었다. 어찌 외부에서 손님이 찾아올 수 있겠는가?

반면 보종은 만면에 희색을 띠었다. 짐작 가는 바가 있었기 때문이다.

"자건이가 보내서 왔다고 하던가?"

'자건? 신무림맹에서 천룡위주에 올랐다던 그 아이가 드디어 돌아온 것인가?'

종아 선사는 눈에 이채를 담았다.

그는 소림사를 떠난 엽자건이 그동안 천하를 주유하며 엄청난 활약을 펼친 걸 잘 알고 있었다. 철담협개와의 친분으로 개방의 정보망을 쉽사리 이용할 수 있었기 때문이다.

당연히 그는 보종과는 다른 관점에서 엽자건에게 기대를 걸고 있었다. 신무림맹의 지원병을 이끌고 달려와만 준다면 아주 큰 도움이 되리란 판단이었다.

그때 밖에서 다시 주계승의 목소리가 들려왔다.

"사형께서 정확히 보셨습니다."

"내가 나가보도록 하지."

보종이 평상시의 두 배쯤 기력이 난 목소리와 함께 서둘러 방장실을 나섰다. 마치 집을 나갔던 자식의 소식을 들은 아비 같은 태도가 된 것이다.

그러나 종아 선사는 잠시 더 방장실을 지키고 있기로 마음먹었다. 소림사의 장문 방장이란 체면을 쉽사리 포기할 수는 없다는 판단이었다.

방장실을 빠져나온 보종의 눈이 가늘어졌다.

노안(老眼)이다. 도처에 횃불이 일렁거리고 있다곤 하나 내공을 잃은 그에게 흡사 어둠과 일체가 된 것 같은 흑의 복면인을 파악하긴 그리 쉽지가 않았다.

"시주는……."

"처음 인사 올리겠습니다. 신무림맹의 천룡위주이신 파군성 엽자건 무상을 주인으로 삼고 있는 환월이라 합니다."

나긋나긋한 목소리로 자신을 소개한 환월이 최대한 조신하게 보종 앞에 부복했다.

눈앞의 쇠잔한 얼굴의 노승!

바로 엽자건의 사부인 보종이다. 이를테면 앞으로 모실 시아버지와 같은 존재이니, 태도에서부터 말투까지 어느 하나 조심하지 않을 수 없다.

보종이 미미하게 고개를 끄덕였다.

"허허, 자건이 녀석이 좋은 수하를 두었구나. 소실봉 일대에 펼쳐져 있는 대방어진의 핵심인 천불천종미궁대진(千佛千宗迷宮大陣)의 시시각각으로 변화하는 생문을 찾기란 결코 쉬운 일이 아니었을 터인데……."

"모두가 주인께서 세심하게 가르쳐 주신 덕분입니다."

"…또한 부상국의 인술을 극한까지 익힌 덕분이기도 할 테고? 살수왕 마령귀사와는 어떤 사이인지 궁금하구나?"

"······."

환월의 눈빛이 가벼운 흔들림을 보였다. 한눈에 자신의 정체를 간파해 낸 보종에게 내심 크게 놀라서다.

물론 잠시뿐이었다.

곧 본래대로의 무심함을 회복한 환월이 정중하나 단호한 목소리로 말했다.

"마령귀사는 주인의 적이니, 제 적이기도 합니다."

"과거의 인연은 모두 끊어버렸다?"

"물론입니다."

확고한 의지를 드러낸 환월의 대답에 보종이 만족한 듯 다시 고개를 끄덕여 보였다. 그리고 손을 내민다.

"자건이 녀석이 보낸 밀지가 있으렷다!"

"여기 있습니다."

환월이 얼른 무릎걸음으로 다가와 품속에서 빼내 든 밀지를 보종에게 건넸다.

후금의 대병과 천불천종미궁대진을 뚫고 소림사에 숨어든 건 바로 이 조그만 쪽지를 전하기 위함이었다. 망설이거나 머뭇거릴 이유는 없었다.

第八十九章

무적전설(無敵傳說)

少林
棍王
소림곤왕

천룡위주가 있어야 진짜 천룡영웅대고,
무적의 전설은 이제부터 다시 시작되는 것이다

천극봉.

사흘 만에 모습을 드러낸 천기마야를 바라보는 황천기주
의 눈에 차가운 기운이 스쳐 갔다.

"지난 며칠간 어디를 다녀온 것이오?"

"할 일이 있었다네."

"소림사를 치는 것보다 더 중요한 일이었소?"

"물론일세."

"물론이다?"

"허허, 날 의심하는 것인가?"

천기마야의 부드러운 미소에 황천기주가 눈매를 가늘게

만들어 보였다.

"의심하는 게 아니라 믿지 못하는 것이란 표현이 더 어울리지 않겠소?"

"그렇군."

천기마야가 고개를 끄덕인 후 미소를 거뒀다.

"낙양성을 수비하고 있던 안찰사 휘하의 군병들이 얼마 전 성을 떠났다고 하더군."

"일만 삼천가량의 잡병에 불과하오. 대세에 전혀 영향을 끼칠 수 없는."

"잡병이라 해도 양동을 당하게 되면 무섭지 않겠나? 항마불장 종경이 이끄는 소림의 속가군과 함께 말일세."

"그런 걸 아는 자가 잠적했던 것이오?"

"할 일이 있었다지 않던가?"

"그 할 일이 무언지에 대해선 말해주지 않을 셈이로군?"

"자네와는 대화가 편해 좋아. 이미 사념술사들이 대법 준비에 들어갔다네. 잠시만 더 소림 속가군과 소림사의 방어진의 만남을 막도록 하시게. 물론 소림사 방어진에 대한 파상공세 역시 적절히 양념으로 풀어놓으면 좋고 말야."

"이미 그렇게 하고 있소. 정오가 될 때까지 소림사의 방어진은 유례가 없을 만큼 바쁘게 될 것이오. 소림 속가군 쪽은 두 개의 천인대로 차륜전을 벌이게 만들었고 말이오."

"과연!"

천기마야가 감탄의 표정을 숨기지 않은 채 고개를 끄덕여 보였다. 아주 흡족한 표정이다.

황천기주의 눈매가 더욱 가늘어졌다.

불쾌한 심사, 그 역시 굳이 감추려 하지 않는다.

잠시 후.

며칠간의 침묵이 무색할 만큼 거대한 함성과 살기가 소실봉 일대를 들끓게 만들었다.

후금의 대병력!

소림사의 대방어진인 천불천종미궁대진을 이루고 있는 수십 개의 나한진을 향해 파상적이며 압도적인 공격을 개시했다. 여태까지 본 적이 없을 만큼 강하고 무자비한 형태로 있는 대로 물량을 쏟아부으면서 말이다.

                    *   *   *

"여어!"

엽자건이 손을 들어 보인 순간 천룡영웅대 전체가 침묵에 휩싸였다.

미리 기별을 받기는 했으나 너무 갑작스런 만남이다.

남궁수에게 특히 그랬다.

그녀는 평생 처음이라 할 만큼 크게 당황했다.

창룡검가를 떠나 천룡영웅대와 만났을 때부터 줄곧 그려왔던 엽자건과의 재회다. 이렇게 느닷없이 맞닥뜨리게 되니, 일시 한 덩이 얼음이 되어버릴 수밖에 없다.

'어, 어떤 말을 꺼내야 하는 거지? 나는 이런 상황이 너무 어색하고 힘들구나……'

내심 고심에 빠진 그녀와 달리 천룡영웅대 전체는 곧 충격에서 벗어났다.

그들은 침묵을 멈추고 우레와 같은 함성을 터뜨렸다. 오랫동안 헤어졌던 자신들의 대장을 만나게 된 기쁨을 확실하게 그들만의 방식으로 표현한 것이다.

"우와아! 대장이다! 대장!"

"엽 무상이 돌아왔다!"

"아무렴! 천룡위주가 있어야 진짜 천룡영웅대지! 무적의 전설은 이제부터 다시 시작되는 거야!"

'무적의 전설?'

엽자건의 입가에 어색한 미소가 떠올랐다. 헤어져 있던 사이 천룡영웅대가 상당히 유치해졌다는 생각이 든 까닭이었다.

그런 그를 향해 유백온이 앞으로 나섰다.

"호자조장 유백온, 천룡위주 엽 무상을 뵈옵니다."

"오!"

"지금 이 시간부로 지휘권을 양도해도 되겠소이까?"

'쯧, 성급하긴!'

내심 혀를 차면서도 엽자건은 신뢰 어린 눈빛을 던지며 천천히 고개를 끄덕여 보였다.

전우.

함께 목숨을 걸고 싸운 자를 뜻한다. 그중에서도 가장 믿음 직한 자가 바로 눈앞의 유백온이었다.

진중한 성품과 강직한 의기, 사지에서도 결코 쉽사리 동요하지 않는 간담이 있기에 천룡영웅대 전원의 목숨을 맡겨놓을 수 있었다.

"유 조장, 그동안 고생했다!"

"천룡영웅대 전원이 똑같이 고생했다고 해야 마땅할 것입니다."

"그렇겠지."

다시 고개를 끄덕여 보인 엽자건이 드물게도 진지한 표정으로 말을 이었다.

"천룡영웅대의 지휘권을 넘겨받겠다!"

"존명!"

부복과 동시에 외친 유백온의 복명과 함께 엽자건을 뒤따라온 목진풍과 남궁수, 팽도진이 일제히 그 뒤를 따라 소리쳤다. 천룡영웅대 전원 역시 마찬가지다.

"존명! 용자조 구십일 명 천룡위주님을 뵈옵니다!"

"존명! 호자조 팔십이 명 천룡위주님을 뵈옵니다!"

"존명! 풍자조 육십팔 명 천룡위주님을 뵈옵니다!"

"존명! 운자조 오십오 명 천룡위주님을 뵈옵니다!"

용자조, 호자조, 풍자조, 운자조의 생존자들이 조장을 좇아서 복명과 함께 부복했다. 수백 명이 넘는 인원이 엽자건 단한 명을 향해 그림처럼 고개를 조아린 것이다.

이는 절대 충성의 표시!

얼떨떨한 표정을 한 채 엽자건의 곁을 지키고 있던 송지하가 안색을 가볍게 상기시켰다.

'멋지구나! 멋져! 이야말로 위대한 대영웅의 출정식, 한 대목이 아니던가! 나만 튀어 보여선 그림이 안 될 테지?'

재빨리 판단을 내린 송지하가 역시 바닥에 부복했다. 그렇게 함으로써 스스로 명화라 명명한 그림의 한 조각을 완전무결하게 만들었다.

이어진 잠시간의 침묵.

묵묵히 뜨거워진 시선으로 삼백 명 남짓이 된 천룡영웅대의 면면을 살펴본 엽자건이 싱긋 웃어 보였다. 아주 오랫동안 잊어버렸던 본래의 표정을 회복한 것이다.

"형제들, 그동안 밥 잘 먹고, 잘 자고, 뒤도 잘 봤는가?"

엽자건의 말에 천룡영웅대 이곳저곳에서 와자지껄한 대답들이 터져 나왔다.

"밥도 잘 먹지 못하고, 잠도 잘 자지 못했지만, 뒤는 그런대로 잘 봤습니다!"

"뒤도 잘 보지 못했습니다! 대장을 만나러 황급히 달려오다 변비 걸렸습니다!"

"빨리 이놈의 전쟁 좀 끝내고 무림맹으로 돌아갑시다! 야전에서의 노숙도 이젠 아주 지겹습니다!"

"대장은 밥 잘 먹고, 잘 자고, 뒤도 잘 봤습니까?"

명화?

더 이상 그런 건 없었다.

엽자건의 손짓에 의해 곧바로 부복을 푼 천룡영웅대는 아주 난잡해져 버렸다. 애초에 군율 자체가 존재하지 않았던 것처럼 대장인 엽자건에게 동화되어 버린 것이다.

찌릿!

방금 전까지 엄격한 군율로 천룡영웅대를 이끌고 있던 유백온의 눈빛이 서늘하게 변했으나 단지 그뿐이었다. 이제 그는 더 이상 천룡영웅대를 이끄는 위치가 아니었으니까.

한참 동안 이어진 시끄러운 재회의 순간이 지나서였다.

문득 엽자건을 한쪽으로 끌고 간 송지하가 드물게도 욕망으로 뜨겁게 불타오르는 눈빛을 던져 왔다. 꽤나 무섭다.

"사부님, 반드시 아주 솔직하게 말씀해 주셔야만 합니다! 이번에는 절대 두루뭉술하게 넘어가셔선……."

"안 된다."

"…아직 본론은 꺼내지도 않았습니다만?"

"안 된다고 했다."

단호하게 이어진 엽자건의 대답에 송지하가 입술을 쑥 내밀었다. 아주 재미없다는 표정이다.

"그럴 줄 알았습니다! 그럴 줄 알았어요!"

"뭐가?"

"인자 미녀 같은 상상의 특등 급 미녀를 사부님이 그냥 놔뒀을 리가 없지 않습니까? 그러니 저는 상중 급의 다른 여인네에게 집중하도록 하겠습니다."

"상중 급?"

송지하의 시선이 슬쩍 풍자조와 함께 있는 이가흔 쪽을 곁눈질했다. 이미 그녀의 늘씬한 몸매의 세세한 부분까지를 훑었음은 물론이었다.

"본래 시세를 아는 자가 준걸이라지 않습니까? 사부님은 영웅이 되시고, 제자는 준걸로 만족하도록 하겠습니다."

"철담협개 선배님의 손녀다."

"고지의 꽃이군요! 저 그런 것 아주 좋아합니다."

"그분이 아주 아끼는데?"

"더욱 불타오를 뿐입지요! 게다가 본래 남녀상열지사란 그런 장애물이 있을 때 더욱 각별한 맛이 생겨나는 게 아니겠습니까?"

'무서운 놈!'

문득 눈앞의 송지하에게 질리는 걸 느낀 엽자건이 목진풍

을 떠올리며 내심 고개를 가로저었다. 그의 앞날에 아주 심각
한 풍파가 기다리고 있다는 생각이 든 까닭이었다.

　잠시뿐이었다.

　곧 머릿속에서 목진풍에 대한 애처로움을 지워낸 엽자건
이 송지하에게 살짝 눈짓해 보였다. 잠시 자리를 피해달란 뜻
이다.

　'쩝!'

　송지하가 어느새 근처까지 다가온 남궁수를 보고 내심 쓴
입맛을 다셨다.

　그는 선수 중의 선수다.

　한눈에 엽자건과 남궁수 간에 흐르다 못해 넘치기 일보 직
전인 감정의 격류를 간파해 냈다. 그랬기에 평생 처음 보는
절세미녀인 남궁수를 대번에 포기할 수 있었던 것이고.

　'그래도 상대가 사부만 아니라면 어찌 수작이라도 한번 걸
어보겠다만… 이건 무조건 지는 싸움이니 원!'

　내심 아쉬운 마음에 고개를 가로저은 송지하가 재빨리 표
정을 일신했다. 언제 그녀에게 흑심을 품었냐는 듯 정중하게
허리를 숙여 보이곤 뒤도 돌아보지 않고 엽자건의 곁을 떠났
다.

　좁고 한정된 지역이나 단체에서 여자를 꼬실 때의 대원칙!

　절대 중간에 한눈팔지 않고 목표로 삼은 여인에게만 집중
한다는 것이다. 적어도 함락을 완료하기 전까지는 말이다.

'여인들이란 아무리 바보라도 자신에게 관심있는 남자는 귀신같이 알아보는 법. 그리고 항상 그 남자에 대한 의견을 주변의 여인에게 자문하곤 하지. 이번처럼 등급이 높은 여인을 목표로 할 때는 이런 기본적인 부분부터 챙겨야만 한다구. 뭐, 어떠한 경우에도 결과는 바뀌지 않을 테지만.'

이가흔을 향해 천천히 걸어가는 송지하의 입가에 여유있는 미소가 떠올랐다. 언제나와 마찬가지로 여자들이 보기엔 더할 나위 없이 매력적이고 근사한 표정과 함께다.

암운의 접근.

이가흔 앞에서 평상시보다 두 배쯤 빠르게 손을 비비고 있는 목진풍은 아직 간파조차 못하고 있었다.

"손목은 괜찮아졌소?"

"예."

"그 뒤 자웅독고 역시 괜찮아졌고?"

"덕분에… 이후 더 이상의 발작은 없었습니다."

"그렇군."

엽자건이 대답과 함께 잠시 침묵했다. 그답지 않게 어색함에 할 말을 찾지 못하게 된 것이다.

남궁수가 먼저 용기를 냈다.

"저는… 그동안 많이 생각했습니다."

"그건……."

"잠시만 그냥 제 얘기를 들어주세요! 지금이 아니면 영원히 제 마음을 말할 수 없을 것 같으니까요!"

"…알겠소."

엽자건이 대답과 함께 드물게도 얌전한 표정이 되었다. 자신을 똑바로 바라보고 있는 남궁수의 눈빛이 그렇게 만들었다. 강압했다.

곧 잠시 호흡을 가다듬은 남궁수가 말을 이었다.

"창룡검가로 돌아온 후 저는 많이 생각했습니다. 생각하고 또 생각했습니다. 한동안 그것밖엔 할 것이 없었거든요. 그리고 결론을 내렸습니다."

"……."

"제 마음속의 두근거림. 천룡위주님을 향한 마음. 그것은 결코 자웅독고로 인한 게 아니라는 것을요. 저는 진심으로 천룡위주님을 사……."

"잠시만!"

문득 소리를 질러 남궁수의 고백을 막은 엽자건이 뜨겁게 달아오른 눈빛으로 말했다. 부탁했다.

"알다시피 내겐 남궁 소저 이전에 마음에 둔 여인이 있소. 그녀에 대한 마음, 결코 거짓이 아니었소. 내 첫사랑이었으니까. 그러니까… 잠시만 기다려 줄 수 있겠소?"

'기다리면?'

"그러면 내가 말하겠소. 남궁 소저가 아니라 내가!"

"……."

남궁수의 눈빛이 가벼운 흔들림을 보였다. 맑고 투명한 기운이 포말(泡沫)처럼 빛을 산란시킨다. 평생 처음으로 보이는 마음의 격동이었다.

슥!

엽자건이 손을 뻗자 남궁수가 물러섰다. 아직은 아니다. 그가 말하지 않았으니까.

"기다리겠습니다, 먼저 말씀하실 때를. 그럼 그때까지……."

"……."

엽자건에게 정중하게 검례를 취한 남궁수가 어느새 평온을 회복한 얼굴로 그의 곁을 떠나갔다. 눈 주위에 아직도 옅은 열기가 남아 있는 걸 제외하곤 이미 방금 전의 격동은 깨끗이 씻겨 흔적조차 남기지 않았다.

"하아!"

엽자건이 결국 입가에 한숨을 매달았다. 참고 있었던 숨이다. 남궁수가 아니라 그 자신을 위해서.

그러다 갑자기 엽자건이 얼굴에 인상을 써 보인 후 눈에 은은한 광채를 담았다. 신광이다.

[환월, 생각보다 빨리 돌아왔구나?]

[그럴 수밖에 없었습니다.]

조금 삐친 듯한 환월의 목소리에 엽자건이 내심 피식 웃었다. 그녀가 방금 전 남궁수와의 대화를 훔쳐 들었음을 눈치챈 까닭이다.

송지하와 은근히 비슷하달까?

그처럼 환월 역시 종종 엽자건을 쓴웃음 짓게 한다.

[보고는?]

[소림사에 들러서 주인의 사부님이신 보종 대사님께 밀지를 전달했습니다. 주인이 예상하신 대로 소실봉 전체에 펼쳐진 건 천불천종미궁대진을 골격으로 하는 방어진이었습니다.]

[사부님께서는… 건강하신가?]

[다소 기력이 없어 보이시긴 했지만 특별히 병환이 있어 보이시진 않았습니다. 다만…….]

[다만?]

[제가 소림사를 빠져나올 때 잠시 주춤했던 후금의 공격이 다시 시작되었습니다.]

[대규모던가?]

[예, 주인과 해월낭인대가 대회전을 벌일 때와 비슷한 규모였습니다.]

엽자건의 눈에서 이채가 어렸다. 그가 숭산으로 향하던 중 생각했던 최악의 상황이 언뜻 뇌리 속을 스쳐 간 까닭이다.

'하지만 소림사에는 사부님께서 계신다. 그분께서 진두지휘하는 천불천종미궁대진과 소림사의 전력이라면 아무리 대

병력이라 해도 쉽사리 뚫리진 않을 것이다. 오히려 걱정이 되는 건 종경 사숙조님이신데……'

빠르게 염두를 굴린 엽자건이 다시 질문했다.

[종경 사숙조님께서는 어찌하고 계시지?]

[숭산 외곽에서 이미 전투에 돌입하셨습니다. 주인께서 도착하시기 전까지 소림사와의 연계점을 확보할 작정이신 것 같습니다.]

[종경 사숙조님답군. 전황은 어떻지?]

[나쁩니다. 두 개의 천인대가 차륜전을 벌이고 있어서 돌파를 못하고 희생만 늘어나고 있는 중입니다.]

[고작 두 개 천인대에?]

[상당히 잘 훈련된 정병입니다. 두 개 천인대로 충분히 해월낭인대 일만 명을 상대할 수 있을 정도로.]

[알겠다. 수고했으니 잠시 쉬도록 해라.]

[주인, 한 가지만 질문해도 되겠습니까?]

[말해봐.]

[저도 기다리겠습니다, 언제까지든. 그러니까 그 말, 저한테도 잊지 말아주십시오.]

[…알겠다.]

엽자건이 한숨과 함께 응낙했다. 대전을 앞두고 두 명이나 되는 여인이 고백을 해오니, 당최 정신을 차릴 수가 없다. 아주 난감한 기분이었다.

잠시뿐이었다.

곧 평상시의 신색을 회복한 엽자건이 빠른 걸음으로 천룡영웅대 쪽으로 향했다.

잠시 뇌리를 스친 찜찜함.

지금 당장 확인해 봐야 할 터였다. 전쟁에 임함에 있어서 이런 뒷골 당기는 느낌은 상당히 적중률이 높았다. 대충 넘겼을 때의 후유증 역시 상상을 초월할 만큼 컸고.

"유 조장!"

"예."

"지금 당장 소실봉으로 출발한다. 이동은 속보. 진세는 안행진. 선봉은 평상시대로 운자조가 맡고, 중군은 호자조, 후위는 용자조, 별동대는 풍자조다."

"그대로 이행하겠습니다."

"이번에도 부탁하지."

"예."

유백온이 대답과 함께 특유의 엄격한 표정을 한 채 중군으로 이동했다. 오랜만에 완전무결한 천룡영웅대의 진형을 완성하기 위함이었다.

'무적의 전설을 만드는 천룡영웅대라는 건가?'

문득 재회의 순간 화살처럼 귓전에 날아와 꽂힌 한 조원의 외침을 떠올린 엽자건이 싱긋 웃었다.

황사가 거친 하늘.

오랜만에 쾌청, 그 자체다.

"아아, 그야말로 꽃놀이 나온 선남선녀들 앞에서 공연하기 딱 좋은 날이 아닌가? 하지만 현실은 피투성이 싸움인 건가? 정말 빌어먹을 인생이로군."

나직한 뇌까림과 함께 엽자건이 역시 천룡영웅대를 향해 발걸음을 옮겼다. 눈빛이 어느새 불꽃을 담은 얼음처럼 가라 앉아 있다.

*　　　*　　　*

진형을 갖춘 채의 전속 이동!

별동대인 풍자조와 함께 미리 움직여 황천기주가 숭산 일 대에 뿌려둔 다양한 종류의 척후조들을 빠르게 제거한 엽자 건이 갑자기 손을 들어 올렸다.

착!

엽자건과 줄곧 함께했던 풍자조다.

조장인 목진풍의 명이 있기도 전에 이동을 멈춘 그들이 일 제히 엽자건을 주목했다. 그의 명령에 따라 곧바로 일사불란 한 움직임을 보일 준비를 끝낸 것이다.

까닥!

엽자건이 귀를 한쪽으로 기울여 보였다.

절대지경에 오르며 자연스레 얻은 기감의 확장이 아니다.

내기를 이용한 천시지청술(天視地聽術)의 발휘였다.

'괴이하군. 분명히 소실봉 일대에서 엄청난 군기(軍氣)가 넘쳐흐르고 있는데… 이 숨죽인 듯한 느낌은 무어지?'

군기!

말 그대로 군대가 전장에서 뿜어내는 기세다.

겉으로 보이지 않는 이 기운은 사기란 말로도 불리는데, 전장의 장수들이 가장 중시 여기는 것 중 하나였다. 하늘을 놀라게 하고 땅을 울부짖게 만드는 신산귀계조차 가끔 이 군기에 의해 무력화되곤 하기 때문이다.

그런 의미에서 현재 숭산 일대, 엄밀히 말해서 소실봉 주변에 모여 있는 황천기주의 대병이 내뿜는 군기는 상상 초월이었다. 무수히 많은 전장을 굴러다녔던 엽자건조차 처음 경험할 만큼 엄청나고 농축된 기운이 하늘까지 뻗쳐 있는 것이다.

당연히 이런 사기를 지닌 대병과의 싸움은 어렵다.

난전(亂戰)이 예상된다.

하지만 여기까지는 엽자건의 예상 속에 포함된 사항이었다. 그다지 특별할 것이 없었다.

오히려 그를 곤란하게 만든 건 환월의 보고와 달리 소림사의 방어진을 공격하지 않고 숨죽인 황천기주의 진의였다.

천하를 노리는 효웅!

오랜 기다림 끝에 총공세에 나섰다면 반드시 회심의 일격을 준비했을 터였다. 소림사를 방비하고 있는 사부 보종에겐 아주 치명적이고 위협적인 일격을 말이다.

그게 무얼까?

엽자건은 이동 중에 계속 염두를 굴렸고, 황천기주의 진의
를 파악치 못하게 된 이때 아주 마음이 불안해졌다. 이런 식
의 전개는 그가 무척 싫어하는 것이었다.

그때 갑작스레 엽자건이 궁금해했던 변화가 찾아왔다.

급변!

그 시작은 언제나처럼 이동을 멈추자마자 앞으로 튀어나
가 주변 경계에 들어가 있던 목진풍의 입에서 터져 나왔다.

"불이다!"

"불?"

"숭산이 불타고 있습니다! 소실봉 쪽인 것 같습니다!"

'말도 안 되는!'

내심의 부르짖음과 함께 엽자건이 바람같이 공중으로 신
형을 띄워 올렸다. 목진풍의 보고를 믿을 수 없어 직접 확인
하기로 마음먹은 것이다.

쉬아악!

절대지경에 오른 고수의 도약이다.

일반적인 범주로 볼 수 없다.

엽자건은 순식간에 까마득히 높은 곳까지 뛰어올랐다. 그
의 놀라운 안력을 감안하면 사방 삼십여 리까지를 한눈에 파
악할 수 있을 터였다.

그러나 이게 어찌 된 일인가?

엽자건이 눈에 비친 숭산은 불길은커녕 연기 한줄기 보이지 않았다. 그의 예상대로 목진풍의 보고는 틀렸음이 확인된 것이다.

아니다.

그게 그리 간단하지가 않았다.

안력을 돋운 엽자건의 얼굴이 가볍게 일그러졌다. 소실봉 중턱에 펼쳐져 있던 소림사의 방어진이 급격한 붕괴를 보이고 있음을 확인한 까닭이다.

그리고 마치 기다렸다는 듯 노도와 같은 기세로 그 사이로 밀고 들어가는 황천기주의 대병!

'사부님의 천불천종미궁대진이 완벽하게 붕괴되어 버렸다. 아마도 정신을 혼미하게 만드는 환영술이나 진법을 이용한 미혹술을 펼친 것일 테지? 일테면 숭산 전체에 불이 붙은 것과 같은 환상을 보여준다거나 하는. 그리고 이게 바로 황천기주가 준비해 뒀던 회심의 일격이 분명하다!'

내심 빠르게 판단을 내린 엽자건이 벽력같은 사자후를 토해냈다.

"풍자조 전속 돌격! 목표는 숭산의 소실봉이다!"

"풍자조 전속 돌격! 목표는 숭산의 소실봉이다! 불구덩이로 변한 지옥 말야. 제기랄."

목진풍이 얼른 엽자건의 명을 전달하곤 푸념이 섞인 뒷말을 살짝 끼워 넣었다.

그가 본 숭산!

완전히 불구덩이로 변해 있었다.

그런 곳으로 전속 돌격을 하자니 떨떠름한 마음에 푸념이 절로 터져 나오는 것도 무리는 아니었다.

그때 신속하게 풍자조 앞에 떨어져 내린 엽자건이 빠른 목소리로 후속 명령을 내렸다. 이번 대상은 풍자조가 아니라 송지하와 환월이었다.

"지하, 내 뒤를 따라라! 오늘 확실하게 살계를 열 테니까 내 배후를 공격하는 자는 모조리 베어버려라!"

"예, 사부님!"

[환월, 당장 종경 사숙조님께 달려가서 포위를 푸는 걸 도와라. 그다음은 풍자조와의 합류다. 양동을 할 수 있다면 가장 좋다.]

[예, 주인!]

엽자건의 목소리는 엄격했다. 전장에서도 가장 치열한 싸움을 앞뒀을 때와 같다. 평상시와 같은 장난기나 투정은 용납되지 않았다.

슉!

모든 명령을 하달한 엽자건이 바람같이 앞으로 치고 나갔다. 그리고 그 뒤를 송지하가 따른다.

소실봉까지의 거리는 대략 십 리!

사부 보종의 방어진이 완전히 붕괴되기 전에 소림사에 도착해야만 했다. 모든 건 환상이라는 점을 알려서 황천기주가 준비한 회심의 일격을 박살 내야만 했다.

　'사부님, 자건이가 갑니다! 조금만 더 버티십시오! 사부님은 전장의 악귀라 불리던 파천마곤이셨잖습니까!'

　내심 엽자건이 버럭거렸다. 이를 악문 채 그리했다. 한시라도 빨리 소림사에 도착하기 위해서 말이다.

*　　　*　　　*

　사천.

　수백 년간 무림 중에 불멸의 명성을 드높여 왔던 사천당가의 정문 앞에 한 명의 여인이 나타났다.

　화복에 감싸인 교태로운 몸매.

　얼굴에는 반투명한 면사가 바람에 살랑거린다.

　얼핏 겉으로 풍겨져 나오는 분위기와 몸매만 봐도 범상치 않은 미인임을 짐작할 수 있을 듯한 외양이다.

　당연하다. 그녀는 한때 사천제일의 미녀라 불리던 독미인 당소교였으니까.

　꽤나 오래전 잔혹마군 냉고성에게 납치되었던 그녀다.

　어째서 갑자기 당가에 모습을 드러낸 것일까?

　잠시 감회 어린 표정으로 정문을 바라보던 당소교가 살짝 아랫입술을 깨물었다.

'이번 일만 끝나면 그 자식이 날 다시 돌아봐 줄 거야. 그리만 되면 내가 당했던 모든 걸 그대로 갚아줄 테니까. 그러니까 나는 이 일을 할 수밖에 없는 거야.'

내심의 다짐과 함께 당소교가 얼굴을 가리고 있던 면사를 떼어냈다.

그러자 드러난 뺨의 상처!

여전히 만질 때마다 그날의 은은한 통증이 전달되어 온다. 굴욕의 상징물. 그 상처를 고스란히 드러낸 당소교가 두 눈을 물기로 적셨다. 전날 엽자건이 인정했던 예인의 재능을 발휘하기 위함이었다.

이독제독!

냉고성이 대법대불왕에게 자신했던 사천 정벌의 첫 번째 단추가 꿰어지는 순간이었다.

〈제9권 끝〉

천 마 검 섭 전 철혈무정로 1부

임준후 新무협 판타지 소설

[天魔劍葉傳]

인세에 지옥이 구현되고 마의 군주가 천신하면
그 누구도 그를 막지 못하리라!
이는 태초 이전에 맺어진, 혼돈의 맹약. 육신에 머문 자나
육신을 벗은 자나 누구도 피할 수 없는 구속의 약속일지니……

주검과 피, 그리고 살기가 강물처럼 흐르는 전장에서
본연의 힘을 되찾게 되는 신마기!
신마기의 주인은 전장을 거칠 때마다 마기와 마성이 점점 더 강해져
종국에는 그 자체로 마(魔)가 된다……

제어되지 않는 신마가…
이는 곧 혼돈의 저주, 겁화의 재앙이다!

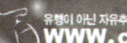
長虹貫日

장홍관일

월인 新무협 판타지 소설

세상은 언제나 정의가 승리하고,
그래서 사필귀정(事必歸正)이라고?

개소리!

세상은 나쁜 놈들이 지배하지.
그러나 그놈들은 아주 교활해서 절대로 나쁜 놈처럼 안 보이지.
현재 무림을 지배하고 있는 백도의 어떤 인간들처럼……

暗帝血路 암제혈로

설경구
新무협 판타지 소설

—떠나세요, 가능한 한 멀리.
—하나만 기억하세요. 일단 살아남아야 후일을 도모할 수 있습니다.
—떠나.

오랫동안 연락이 두절되었던 이들이 약속이라도 한 듯 찾아와
꺼낸 이야기들과 함께 시작되는 집요한 추적.
그리고 거대한 음모에 휘말려 억울한 누명을 쓴 채로
오직 살아남기 위해 필사적으로 도주하는 한 사내, 진가흔.

"왜 하필 나입니까?"
"자네가 가장 적당하기 때문이지."
"아시겠지만 그를 죽인 것은 제가 아닙니다."
"물론 알고 있네. 그런데 말일세… 그래도 그를 죽인 것이 자네라는
사실은 변하지 않네."

누구를 믿어야 할까.
적이도 명확하지 않은 상황에서 이유조차 모른 채 도주하던
한 사내의 역습이 시작된다.

유행이 아닌 자유추구 -
WWW.chungeoram.com
Book Publishing CHUNGEORAM